D

Kükenlatein für Kinder

Über die Autorin:

Britt Älling, so das Pseudonym einer schwedisch-deutschen Autorin von Büchern und Kinderbüchern, die mit ihrer Familie im bayerischen Fünfseenland lebt. Die Biologin und Juristin wurde 1971 am Tegernsee geboren und ist sowohl in Bayern wie in Mittelschweden aufgewachsen. Ihre Bilder und Geschichten sind inspiriert von der Liebe zu Natur und Tieren und den Landschaften Skandinaviens.

Der Dom der Vögel ist neben *Der tapfere Erpel* und *Kükenlatein* das dritte Buch der Autorin, das im Handel erhältlich ist.

Mehr Info unter www.brittaelling.de
und @britt.aelling auf instagram!

„Bei uns Hunden gibt es ein Sprichwort:

Die Angst gehört zum Leben wie die Freude und die Traurigkeit. Du kannst nichts üben oder lernen, um sie loszuwerden. Gib ihr ihren Platz und sie vergeht, wie sie kommt. Und wird es einmal schwer, sie auszuhalten, gibt es ein altes Hunderitual:

Renne mehrmals um einen Baum und kläffe dazu sieben Mal."

Gustav, Hund, Philosoph und Entenfreund

Allen Kindern gewidmet, die sich nachts fürchten.

Britt Älling

Der Dom der Vögel

Ein Entenmärchen

Kinderbuch

Bibliografische Informationen der Deutschen Nationalbibliothek:
Die Deutsche Nationalbibliothek verzeichnet diese Publikation in der
Deutschen Nationalbibliografie. Detaillierte bibliografische Daten sind im
Internet über dnb.dnb.de abrufbar.

1. Auflage, 2021
© 2021 Britt Älling – alle Rechte vorbehalten.
Illustration: Britt Älling
Lektorat: Monica Hiller
Herstellung und Verlag: BoD - Books on Demand, Norderstedt

ISBN: 978-3-7543-3443-0

Inhaltsverzeichnis

Einführung

Bei den Enten gibt es eine lange Tradition des Märchenerzählens. Entenmütter erzählen ihren Küken schon im Ei viele Geschichten: Vom Leben, vom Fliegen und von den Feinden. Die Erzähltalente der Mütter sind sehr unterschiedlich. Manche verzetteln sich in Kleinigkeiten und verlieren dann den Faden. Es soll sogar Entenmamas geben, die beim Erzählen vor Langeweile selbst eingeschlafen sind. Andere dagegen sind wahre Meister und alle Tiere in der Umgebung kommen zusammen und hören ihnen zu. So kommt es, dass Eichhörnchen, Libellen, Mäuse und verschiedenste Vögel rund um Entennester sitzen und gebannt zuhören.

Aber seid nicht traurig, wenn ihr das noch nie gesehen habt! Die Tiere verstecken sich beim Brüten, damit die Küken vor Feinden geschützt sind.

Während der langen Herbst- und Wintermonate leben Enten gerne im Warmen. Manche bauen sich Häuser und machen es sich darin zur kalten Jahreszeit gemütlich. Dann treffen die geselligen Tiere sich zu Erzählwettbewerben und tauschen die besten Geschichten aus.

8

Einige der Märchen sind alt und darin reiten die Enten noch auf Pferden und wohnen in Schlössern. Andere spielen in der heutigen Zeit und die Vögel haben Telefone und fliegen in Flugzeugen.

Wundert euch also nicht, wenn in der Geschichte von der kleinen Kvakja und ihrer nächtlichen Angst Tee getrunken oder an Kiosken eingekauft wird. Sie führt ein einfaches Leben, fliegt selbst und hat kein Telefon, trotzdem lebt sie in der modernen Zeit.

Die Märchen zu sammeln ist schwierig, denn die Tiere lassen sich nicht gerne in die Karten schauen. Auch verändern sich die Geschichten mit der Erzählerin und der Mode. So ist eine Sammlung nie zu Ende und ein Buch nur ein kleiner Einblick. Am besten ihr hört den gefiederten Wesen mit den orangen Watschelfüßen und den warmen Knopfaugen selbst zu.

Eine Hummel als Kuscheltier

Es war einmal ein Stockentchen namens Kvakja, das lebte an einem kleinen Fluss und hatte nachts oft große Angst. Abends lag sie starr vor Schreck da und fürchtete sich, einzuschlafen. Sie sah dunkle Gestalten im Dunkeln mit gelb leuchtenden Augen, hörte es knacken und rascheln oder gar Schritte auf sie zukommen. Schreckte sie aus den Träumen auf und zitterte vor Angst, ließ die Entenmama sie zum Trost unter ihren Flügel kriechen.

In der Entenfamilie, zu der ihre Mama und vier Brüdern gehörten, waren sich alle einig, dass Kvakjas Nachtangst mit der Zeit verschwinden würde.

Im Schlaf verfolgte etwas unbeschreiblich Böses die kleine Ente. Es wusste, wer sie war und schien aus der Ferne genau mitzubekommen, was sie tat oder dachte. Tagsüber verschwand die Angst, doch kaum wurde es dunkel, fürchtete Kvakja sich wieder sehr. Ihre Brüder zogen sie wegen ihrer Ängstlichkeit auf, aber für Kvakja war es Ernst. Manchmal wachte sie sogar schreiend aus ihren Träumen auf. Die Entenmama tröstete sie dann:

„Viele Küken haben den Nachtschreck," sagte sie liebevoll. „Er wächst sich mit der Zeit aus."

Doch bei Kvakja wurde er nicht besser, als sie schon fliegen lernte.

Durch den schlechten Schlaf war sie tagsüber oft müde und wurde es Abend, fürchtete sie sich vor der Nacht.

Eines Tages saß sie wieder einmal auf der Wiese neben dem kleinen Wasserlauf, an dem sie wohnte und sonnte sich. Sie hatte an diesem Frühsommermorgen schon ein paar Stunden im Wasser geplanscht, war eifrig kleine Wasserfälle heruntergerutscht und über Stromschnellen geschossen. Nun war es Zeit für eine Pause. Ihre Brüder lagen in einiger Entfernung um sie herum und schliefen tief. Sie war als einziges Mädchen rüde Jungerpelspiele gewohnt und nicht zimperlich.

Während sie sich das Gefieder wärmen ließ und wohlig schnaufte, fielen ihr die großen roten Blumen in ihrer Nähe auf. Auf einer saß ein pelziges Tier mit zwei Flügeln und trank Nektar. Das Insekt sah aus wie ein kleines Bärchen. Kvakja hatte bei den Nachbarküken gesehen, dass sie so ähnliche Stofftiere hatten.

„Wer bist Du" fragte sie das Tier.

Es sah so kuschelig aus, dass Kvakja sofort verliebt war.

„Ich bin Bromma die Hummel" antwortete es summend.

„Und ich habe einen Stachel, also wenn Du mich frisst, steche ich Dir vorher in die Kehle."

Kvakja war ganz entzückt, dass das fliegende Kuscheltier auch wehrhaft war.

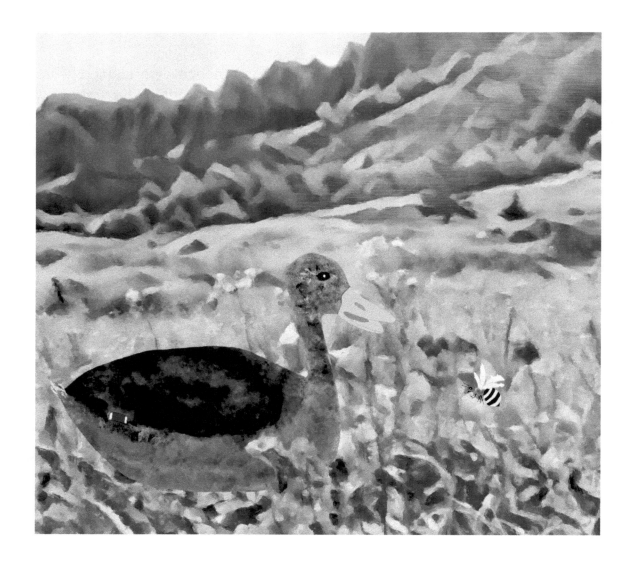

12

Wie gut sie doch nachts schlafen würde, wenn sie so ein Tier zum Kuscheln bei sich hätte. Ein lebendiges Hummelchen!

„Nein, nein, natürlich fresse ich dich nicht" antwortete sie eifrig.

„Ich wäre nur gern Deine Freundin. Mein Name ist Kvakja und ich bin eine Stockente."

Die Hummel hörte auf zu trinken und sah den Vogel mit dem breiten Schnabel lange an.

Eine Ente als Gefährtin wäre praktisch, dachte sie. Auch wenn sie vorher noch nie von so einer Freundschaft gehört hatte.

„Du weißt schon, dass Hummeln und Vögel normalerweise nicht befreundet sind! Das liegt daran, dass die Vögel nämlich die Hummeln fressen!"

„Aber Enten fressen doch keine Hummeln! Außerdem beschütze ich dich tagsüber vor anderen Vögeln, wenn du bei mir bleibst. Ich passe auf dich auf! Und unter meinen Flügeln ist Platz zum Schlafen und ein ideales Versteck. Dazu ist es auch noch schön warm."

Die Hummel bewegte sich nicht und schwieg.

Kvakja suchte schnell nach weiteren Erklärungen, um das Tierchen für ihren Plan zu gewinnen. Denn dann würde sie nachts immer jemanden bei sich haben. Vielleicht war es am besten Bromma ehrlich von ihrer Angst erzählen?

„Weißt du, ich fürchte mich so sehr, wenn es dunkel ist. Mit dir und deinem Stachel könnte ich besser schlafen."

„Hmmm" summte das wenig gesprächige Insekt.

„Wir können es ja ausprobieren," antwortete sie nach einer Weile.

Denn Bromma hatte nichts zu verlieren, sie war alleine und so ein warmer Schlafplatz, das klang schon verlockend.

So zog das schwarz-gelbe Pelztierchen zur Entenfamilie. Kvakjas Mama hatte nichts dagegen und für ihre Brüder war es Kleinmädchenkram, mit sie sich nicht abgaben.

Das Enten-Hummelpaar wurde schnell unzertrennlich. Kvakja hatte mit Bromma eine Freundin gefunden, der sie den ganzen Tag etwas vorquaken konnte. Es störte sie nicht, dass das Tier selten antwortete. Die Hummel hingegen nickte ab und zu höflich, während sie ihren Blütensaft trank, oder sie ruhte sich unter den Entenflügeln aus.

Insgeheim war Bromma froh, so eine große Freundin zu haben. Nachts war es unter dem Entenflügel kuschelig warm. Und sie genoss den Schutz, den der Entenvogel ihr tagsüber bot. So flog sie sorglos herum und trank sich satt. Dafür surrte sie nachts leise, wenn sie merkte, dass Kvakja Alpträume hatte, und das half der Ente schnell wieder einzuschlafen.

So verging die Zeit und Kvakjas Streifzüge und Ausflüge führten sie nun oft vom heimischen Flusslauf und der Entenmama weg. Bei längeren Flügen saß Bromma oben auf ihrem Nacken und sparte dadurch Kraft. Mit der Stockente kam das Insekt zu weit entfernten Wiesen und neuen Blumen.

Nachts schlief Kvakja mit den anderen Enten der Kolonie in einer geschützten Laube oder auf einer kleinen Insel. Die Wachsamkeit einer Gruppe ist der beste Schutz gegen Feinde. Die am Rand liegenden Vögel schlafen dabei nur halb. Ein Teil ihres Kopfes bleibt wach, so bekommen sie schnell mit, wenn Gefahr droht.

Kvakja hatte immer noch jede Nacht Angst, auch wenn die Hummel ihr ein bisschen mehr Sicherheit gab und in der Dunkelheit Trost spendete. Doch die böse Gefahr mit den leuchtenden Augen geisterte weiter durch ihre Träume und suchte nach ihr.

Manchmal überlegte die Ente am Tage, was es wohl war, das sie verfolgte, doch sie fand keine Worte dafür. Es war etwas allwissend Böses hinter ihr her, von dem sie nicht entkam.

Eines Tages, die goldene Sommersonne schien auf ihre Federn und sie döste vor sich hin, hörte sie zwei Vogelstimmen, die sich unterhielten. Bromma war auf der Wiese unterwegs und das Gespräch wehte mit dem Wind zu ihr herüber.

„Kennst du den *Dom der Vögel*, Papa? Wir haben heute in der Schule davon geredet."

Die Worte *Dom der Vögel* weckten Kvakjas Neugier und sie versuchte so viel wie möglich von dem Gespräch aufzuschnappen.

16

„Weißt Du Seppo, wir Spatzen haben keinen schönen Gesang. Unsere Aufgabe ist es, alle anderen vor Raubtieren zu warnen" antwortete eine ältere Spatzenstimme.

„Dazu dient unser schrilles Piepsen."

Kvakja öffnete die Augen, um zu sehen, wer die beiden waren. Ein Steinwurf von ihrem Schlafplatz wuchs ein Apfelbaum, auf dem Vater und Sohn Spatz saßen.

„Damit haben wir unsere Pflicht bei Angst und Gefahr erfüllt. Der *Dom der Vögel* ist eher etwas für die, die schön singen."

Der Spatzenvater ist wohl kein Freund dieses *Doms*, wunderte sich die Ente.

„Außerdem sind Spatzen keine Zugvögel. Wir fliegen nicht ans Ende der Welt, um dort zu singen. Und der *Dom der Vögel* ist weit weg.

In den alten Geschichten heißt es, dass die Seelen dorthin ziehen, wenn unsere Zeit zu Ende geht. Und dass auch der Spatzengesang dann schön sein wird. Das ist doch allemal früh genug."

„Wie meinst du das, Papa? Ist es nun ein Märchen oder nicht?"

Der Vatervogel schüttelte den Kopf.

Wahrscheinlich weiß er das auch nicht so genau, überlegte Kvakja.

„In der Schule haben wir das Lied gesungen" fing der kleine Vogel Seppo noch einmal an.

„Darin geht es um einen Dom aus Bäumen und goldenem Licht, der am Ende der Welt liegt. Die Vögel versammeln sich dort, um zu singen. Und keiner hat je wieder Angst."

„Nun, wir Spatzen wissen einfach nicht, ob es den *Dom der Vögel* wirklich gibt. Ich persönlich kenne niemanden, der hingeflogen ist oder von dort zurückkam."

Der Vater merkte wohl, dass seine Worte nicht reichten, um Seppo von der Legende abzubringen, und versuchte es noch einmal auf eine andere Weise.

„Was sollen wir denn auch da? Unsere Stimme klingt schrill und wir sind keine bewunderten Sänger. Stattdessen sind wir gesellig, schlau, unerschrocken und wachsam. Nähert sich ein Feind, sieht ihn meist einer aus unserer Truppe und wir schreien laut, um alle anderen Tiere zu warnen. Das hat schon vielen geholfen rechtzeitig zu fliehen. Vielleicht ist dieser *Dom* bei Amseln und Nachtigallen keine Legende und sie fliegen hin und singen da, wer weiß? Doch für uns ist es nicht wichtig, ob es diesen Ort gibt. Wir haben die Familie und wenn es so sein soll, kommen wir eines Tages dorthin."

Hektisch, wie bei Spatzen üblich, flatterten beide plötzlich auf und piepsten. Sie hatten ein frisch angesätes Feld bemerkt, ein Festmahl für die Tiere. Das Gespräch schien vergessen und die Spatzensippe, die vorher verteilt in den umliegenden Bäumen und Sträuchern geschlafen hatte, wurde mit dem Piepsen zusammengetrommelt. Als alle wach waren, flogen sie gemeinsam auf das Feld, um sich den Bauch vollzuschlagen.

Kvakja fand es schade, dass sie nun nicht mehr von dem geheimnisvollen Ort oder dem Lied darüber hören würde.

Der *Dom der Vögel* – wie schön das klingt, sie lächelte vor sich hin. Das war vielleicht der Ort, an dem sie Hilfe gegen ihre Alpträume fand?

Auch Bromma hatte das Ende des Spatzengesprächs mitbekommen.

„Was denkst du," fragte Kvakja die Hummel.

„Suchen wir morgen den *Dom der Vögel?* Kommst du mit?"

Bromma antwortete nicht sofort, sie dachte nach. Schließlich hatte sie sich schon so an das Leben mit der Ente gewöhnt und wollte nicht alleine zurückbleiben. Auch wenn sie für Veränderungen oder Abenteuer nichts übrig hatte. Doch am Ende überwog der Wunsch, bei Kvakja zu sein.

„Ja" surrte Bromma, den Gesichtsausdruck sieht man bei Hummeln nicht genau, weil ihr Gesicht sehr klein ist.

„Ich komme mit."

Damit war die Sache beschlossen, Kvakja und Bromma flogen zum *Dom der Vögel.*

„Am besten, wir verraten zu Hause nichts davon. Mama sorgt sich zu sehr und meine Brüder lachen uns nur aus. Ich erzähle, dass wir einen Ausflug zu dem großen See planen, von dem wir neulich gehört haben."

Bromma fand es nicht gut, der Entenmama nichts zu sagen, versprach aber zu schweigen.

So kehrten die beiden auf die kleine Insel zurück, auf der die Entensippe mit Nachbarn und Verwandten kampierte.

Kvakjas Brüder erzählten gerade von ihrem Tag. Lautstark übertrumpften sie sich, wer der Schnellste und der Mutigste von ihnen war. Die Ente fand die Angebereien diesmal besonders schlimm. Als die ersten Erpel endlich gähnten, sah die Mama sie fragend an.

„Kvakja, du bist so still heute Abend."

„Ach nichts! Ich habe nur den Spatzen zugehört und mir geht etwas im Kopf herum." Der Anfang war nicht einmal gelogen.

„Es soll eine wunderschöne Insel in einem großen See geben, nur zwei Tagesflüge entfernt. Da würde ich gerne hinfliegen."

Die Geschichte hatte die Ente wirklich vor kurzem gehört und jetzt war sie eine gute Notlüge, um die Sorgen der Entenmutter klein zu halten.

„Ja, dort ist es sehr schön." Die Augen ihrer Mama leuchteten, als sie antwortete.

„Dein Vater und ich sind früher, als er noch lebte, oft auf die Insel geflogen. Flieg ruhig hin, es gibt schöne Ausflugslokale am See. Wann brecht ihr auf, Bromma und du?"

„Ich bin so neugierig, am besten gleich morgen" antwortete das Entlein.

„Na dann wünsche ich euch beiden viel Spaß!"

Insgeheim freute sich Kvakja, wie leicht das war. Mama würde sie erst einmal nicht vermissen. Und vielleicht war es zum *Dom der Vögel* gar nicht weit und sie waren schnell zurück.

Ihre Brüder fingen sofort an, über sie herzuziehen.

„Sicher wird sie uns dann von romantischen Sonnenuntergängen vorschwärmen" sagte der Jüngste und verdrehte die Augen.

„Und wahrscheinlich gibt es da Tanztee" johlte der Zweitälteste.

„Ach lasst sie doch. Ihr müsst ja nicht hinfliegen" quakte ihr kleiner Lieblingsbruder.

Die vier spotteten über alles, was Kvakja unternahm. Sie waren große, sportliche Erpel und flogen nur an die „coolen" Orte. Wie zum raften zu den Flüssen im Nachbarland, um sich dort von den Bergklippen die Wasserfälle hinab zu stürzen. Kvakja spielte bei den wilden Wettkämpfen manchmal mit. Doch lieber entdeckte sie schöne Sonnenplätze und windgeschützte Buchten oder suchte die besten Schneckengründe im Umkreis. Normalerweise wäre sie auf das übliche Gehänsel der Brüder eingegangen und sie hätten sich alle gezankt. Diesmal dachte sie nur: Wenn ihr wüsstet!

„Ich gehe jetzt schlafen, morgen fliegen wir sehr früh los" sagte sie laut. Damit drehte sie sich um und rollte sich ein. Bromma summte noch ein bisschen unter ihrem Flügel ein altes Hummel-Wanderlied. Bald schien der Mond auf die kleine Insel im Flusstal der Enten und Kvakja schlief fest.

22

In ihren Träumen sah sie wundersame Gebilde aus riesigen Bäumen und Scharen von Vögeln. Die Vögel wechselten ihre Farben von Rosa zu Hellblau und dann wieder zu Gelb. Bis alles in einem bunten Tanz verschwamm.

Auf zum Dom der Vögel

Der erste Sonnenstrahl kitzelte die Ente an ihrem Schnabel und sie war mit einem Schlag hellwach.

Heute fliegen wir los, zum *Dom der Vögel,* dachte sie aufgeregt. Schnell watschelte sie zum Ufer der kleinen Insel und schlang hastig ein paar Uferpflanzen hinunter. Für Bromma blühten daneben einige Blümchen. Kvakja warf einen liebevollen Blick zurück auf ihre Mama.

Mach dir bitte keine Sorgen, dachte sie.

„Bromma, lass uns losfliegen, bevor die anderen aufwachen."

Die kleine Hummel setzte sich auf Kvakja Nacken und die hüpfte elegant vom Ufer aufs Wasser, lies sich ein Stück abwärts treiben, bis der Bachlauf weiter wurde und hob schnell ab.

Aber wohin? Sie hatte keine Ahnung, in welcher Richtung der *Dom der Vögel* lag. Etwas ratlos drehte sie einen Kreis über der kleinen Insel, auf der ihre Familie schief. Dann sah sie einen Schwarm Zugvögel, die sich etwa 100 Flügelschläge entfernt sammelten.

„Die fragen wir, Bromma, die wissen sicher mehr."

Doch es waren Mauersegler, die viel schneller flogen als Kvakja. Der Abstand zwischen ihr und dem Schwarm vergrößerte sich rasch. Der Ente wurde klar, dass sie die wendigen Flugkünstler nicht einholte. Also flog sie erst einmal in der gleichen Richtung hinterher. Entenvögel sind gelegentlich recht sorglos, langes Grübeln ist nicht ihre Art.

Nach einer Weile kamen die beiden zu einem weiträumigen Flusstal, das blühende Wiesen umgaben. Hier waren sie zum ersten Mal.

Die arme Bromma hat sicher Hunger, dachte die Ente.

Es war recht hektisch heute Morgen, ich vertrage auch noch einen Happen!

Kurzenflügels wasserte sie in Ufernähe.

„Du hast Hunger, nicht wahr?"

„Ja" sagte die Hummel bloß und flog sofort in Richtung Wiese. Die beiden verstanden sich blind und die eine hatte die andere fast immer mit einem Auge im Blick. Schon war Bromma bei den saftigen Glockenblumen mit den dicken Staubgefäßen in der Mitte der Wiese angekommen. Sie hatte sie sicher von weitem gerochen.

Kvakja währenddessen, tauchte ihren Entenkopf unter Wasser und suchte nach Algen und Schnecken. Allerdings nicht, ohne sich vorher sorgfältig in alle Richtungen umzusehen. Es gab reichlich zu fressen und die Sonne schien mild auf ihren Rücken. So wurde sie schnell ein bisschen müde und sehnte sich nach einem Nickerchen. Sie schwamm zu einer am Fluss wachsenden Weide, die ihre

Äste tief ins Wasser reckte. Diese bildeten zusammen mit dem Schilf eine kleine Laube, in der sie sicher dösen konnte und Bromma sich in Ruhe sattfressen.

Mit wippenden Beinchen und weißer Brust fischte eine Wasseramsel neben von Kvakjas Schlafplatz. Die Ente überlegte im Halbschlaf, ob sie mehr Singvögel kannte, die auch tauchen, doch ihr fielen keine ein.

Vielleicht, dachte sie, sind diese Tiere besonders schlau? Wenn sie als einzige von den Singvögeln unter Wasser jagen, wissen sie möglicherweise auch, wo der *Dom der Vögel* liegt?

Kvakja musste den Vogel unbedingt fragen!

Das war nicht einfach, denn die eifrigen Tiere sind blitzschnell und fast immer auf Unterwasserjagd. Doch dann legte die Wasseramsel eine Pause ein und setzte sich auf einen Zweig am Ufer. Das war Kvakjas Gelegenheit, sie hüpfte schnell an Land und watschelte auf das zierliche Tier zu.

„Was gibt es? Ich hab keine Zeit, meine Küken sind hungrig."

„Ich habe nur eine Frage und will nicht lange stören: Weißt du etwas über den *Dom der Vögel* und wo er zu finden ist?"

„So, so, den *Dom der Vögel*. Ich dachte immer, dahin kommt man noch früh genug" zwitscherte die Wasseramsel. Sie zog ein ungehaltenes Gesicht.

„Also, ich habe für diesen philosophischen Kram keine Zeit. Doch es gibt ein Lied darüber. Die ersten Zeilen kann ich dir vorsingen, vielleicht hilft dir das?"

„Bitte, bitte, ja!" Kvakja bedankte sich überschwänglich.

Die Wasseramsel wippte drei Mal auf ihrem Stein und streckte ihre kurzen Schwanzfedern in die Höhe. Dann zwitscherte sie mit klarer, leiser Stimme:

Ein Dom aus Licht und Bäumen hinter Wäldern tief
Wo goldner Schein durch immergrüne Zweige fließt

Kristallklar und doch warm die Seligkeit im Zauber dringt
Zur hohen Küst´ am End´ der Welt, die Leuchtende die Nacht verbringt

Doch nicht der Sonne Lauf gen Westen liegt der Dom!
Ohn´ Angst und Sorg auf ewig euer Schicksal bleibt

Der Vogel verstummte, schien nachzudenken und schüttelte dann den Kopf.

„Mehr weiß ich nicht." Mit diesen Worten sprang die Amsel kopfüber ins Wasser und verschwand.

Bromma war inzwischen wieder auf Kvakjas Rücken gelandet und hatte das Lied mitangehört.

„Hmmm, das hilft uns nicht viel. Meinst du, dass es den *Dom der Vögel* wirklich gibt? Mir kommt das alles eher wie eine Legende vor?"

Die kluge Hummel schien zu zweifeln, doch die Ente ließ sich nicht verunsichern.

„Er liegt vielleicht im Osten, wenn man nicht dem Lauf der Sonne folgen soll? Oder es ist der Norden gemeint, wegen der Zeile: *die Leuchtende die Nacht verbringt?* Ich denke, wir fliegen am besten nach Nordosten."

Die Hummel legte ihr Köpfchen ein bisschen schief und sagte nichts dazu.

„Wir kennen zwar nicht das ganze Lied. Aber es würde keine Richtung darin vorkommen, wenn es den *Dom der Vögel* nicht gäbe? Vielleicht kennt ein anderes Tier den kompletten Text? Wir fragen unterwegs einfach jeden, den wir treffen."

„Wie du meinst." Bromma flog gerne weiter mit ihrer Ente, ob es diesen *Dom* nun gab oder nicht. So kroch sie unter die Nackenfedern und legte sich schlafen.

Kvakja hob ab in die Lüfte und drehte eine Runde über dem Wasser, um die Himmelsrichtungen auszukundschaften. Es war fast Mittag, die Sonne stand klar im Süden. Im Osten lag ein bewaldeter Hügel. Die Flugstrecke dorthin erschien ihr weit, aber sie traute es sich zu. Bromma summte und kroch tiefer in die Federn, um besser vor dem kalten Fahrtwind geschützt zu sein. Die Ente nahm Kurs und bald flog sie ruhig und gleichmäßig dahin.

Der Nachmittag verging und unter Kvakja lag dichter Wald. Doch über eines hatte sie nicht nachgedacht:

Nämlich wie sie, ein Vogel mit Nachtschreck eine Nacht ganz allein im Wald überstand, ohne den Schutz einer Entensippe. Das fiel ihr nun auf, während das

Sonnenlicht schwächer und das Dickicht unter ihr immer Dunkler wurde. Es half nichts, ein Schlafplatz musste her, und zwar schnell, denn ihre Flugmuskeln waren ungeübt und die weite Strecke hatte ihr alles abverlangt. Sie brauchte dringend eine Pause!

Da, unter ihr lag ein Waldsee, der von einem kleinen Moor umrahmt wurde! Dort war der Wald auch etwas lichter.

Unheimlich dunkel schimmerte der See, der von großen Kiefern, Birken und einigen sumpfliebenden Erlen umgeben war.

Hier werde ich meine erste Nacht alleine verbringen, schauderte es die kleine Ente, als sie landete. Doch es war zu spät einen anderen Schlafplatz zu suchen. Sie war entsetzlich müde und ihre Flügel schmerzten. Auch ihr Bauch meldete sich, sie hatte Hunger. Also suchte sie den Waldteich nach etwas Fressbarem ab, während die Hummel in der Zwischenzeit magere Wollgräser und Preiselbeerblüten abflog.

Im See gab es reichlich Schnecken, köstliche Algen und Sumpfpflanzen, so war die Ente eine Weile abgelenkt.

Andere Wasservögel sind hier wohl keine, überlegte sie, nachdem sie sich sattgefuttert hatte. Es wird eine ungemütliche Nacht werden, auch ohne Nachtschreck. Aber wo schlafe ich am besten? Dort hinten ist ein dichter Busch? Ich habe noch nie ein Nachtlager ausgewählt! Oder vielleicht drüben auf dem schiefen Baum? Beides sieht nicht gemütlich aus.

Angst kroch in ihr hoch, es war jetzt fast dunkel. Der Wald um sie herum sah aus wie eine graue Wand. Bromma war längst zurückgekehrt und hatte sich wortlos unter ihren Flügel verkrochen. Die beiden wussten, ohne etwas zu sagen, dass sie in der Patsche saßen. Kvakja hatte ein schlechtes Gewissen der Hummel gegenüber. Sie hatte sie durch ihre Gedankenlosigkeit in Gefahr gebracht.

Da fiel der Ente ein Rat ihrer Mama ein.

Wenn du einmal alleine bist, Kvakja, hatte sie gesagt. Und du findest keinen Platz, der dir sicher scheint, dann schlaf in der Mitte eines Sees, an einer Stelle ohne Strömung!

Ja, das war es! So wird es gehen!

Die Ente fühlte sich gleich besser. Beim Gründeln war ihr aufgefallen, dass der See, der etwa Platz für 50 Wasservögel bot, in der Mitte drei Entenlängen tief war. Ein Feind musste sich schwimmend nähern und das würde sie hören. Trotzdem, sie sass dort auf dem Präsentierteller!

Die Schwärze der Nacht schluckte den grauen Abend, als die Ente in die Mitte des Waldsees hinausschwamm. Vogelstimmen waren schon lange verstummt, stattdessen gellten Raunen, Pfiffe und dumpfe Schreie durch das Dunkel. Die Geräusche ließen das Entenmädchen schaudern. Ihre Flügel schmerzten und sie war schrecklich müde, jetzt brauchte sie dringend Ruhe, damit ihre Muskeln sich erholten. Selbst wenn sie nicht schlief, war es wichtig, zumindest ein bisschen auszuruhen. Bromma surrte zum Einschlafen nicht, auch sonst war von der Hummel nichts zu hören. Kvakja überlegte, ob sie verärgert war?

Vermutlich ist sie so still, um mich nicht noch mehr zu ängstigen, dachte sie schließlich.

Ob ich mich traue doch zu dösen? Nicht einmal der Mond scheint heute Nacht!

Bleierne Schwere zog sich durch Kvakjas Körper, sie steckte den Kopf unter ihre Flügel.

Aber dort, im Augenwinkel leuchteten da nicht gelbe Augen? Sie schreckte auf, war starr vor Schreck und mit einem Schlag wieder hellwach. Ein Käuzchen rief durch die Dunkelheit und die Ente zuckte voller Angst zusammen. Wehmütig dachte sie an ihre Familie, sogar die frechen Brüder vermisste sie jetzt.

Die finsteren Stunden zogen sich endlos lange dahin. Kvakja schaukelte mit weit aufgerissenen Augen auf dem kleinen See und lauschte angestrengt. War es vollkommen still, schien dicker Samt über ihren Ohren zu liegen und sie hatte das Gefühl, undeutlich zu hören.

Oder war es ihr Herz, das so laut schlug und alles andere übertönte? Es schien zu rasen, während ihr Kopf glühte. Bei jedem Knacken und Heulen, das aus dem Wald kam, drehte sie sich panisch um. Doch egal wie angestrengt sie ins Dunkel starrte, es war nichts zu sehen.

Die böse Macht, die sie sonst im Schlaf beobachtete, hier konnte sie überall sein.

Hinter jedem Baum oder Strauch, im Schilf am Ufer! Oder unter ihr, am Grund des Sees! Kvakja wollte aufschreien, doch kein Ton kam aus ihrer Kehle.

Es waren wohl die längsten Stunden im Leben der kleinen Ente.

Nie wieder schlafe ich allein im Wald, dachte sie später, als der Schreck sie so oft durchfahren hatte, dass sie völlig kraftlos war.

Ab jetzt suche ich abends rechtzeitig andere Vögel, bei denen ich übernachte!

Nach endloser Zeit mit verzweifeltem Horchen und nicht endenden Schreck-sekunden, wurde es heller. Die Stimmen der Morgenvögel setzten ein und die Konturen der Bäume wurden sichtbar. Kvakja war schwindlig vor Übermüdung und Erleichterung. Sie hätte am liebsten jeden Einzelnen der Sänger im Wald für den Trost, den sie ihr jetzt spendeten, umarmt. Die Müdigkeit wurde übermächtig und sie fing an zu dösen. Ohne dass sie es merkte, fiel sie kurz darauf in tiefen Schlaf.

Ein leises Platschen weckte sie schlagartig. Am Ufer spielten drei Rehe fröhlich miteinander, sie waren am See, um zu trinken. Die Sonne stand schon recht hoch am Himmel, es war später Vormittag.

„Schau mal, ein komischer Vogel, da draußen! Der sieht ja ganz anders aus, als die Waldvögel. So ein langer Schnabel und so breit." Die Rehe lachten über sie.

Unverschämtheit, dachte sich Kvakja, die haben wohl noch nie eine Ente gesehen! Solche Hinterwäldler!

Sonst plauderte sie gerne mit anderen Tieren, doch diese drei waren ihr zu eingebildet.

Bromma surrte sich den Weg aus den Federn frei und flog direkt ohne ein Wort in Richtung Land. Kvakja war gerädert von der schrecklichen Nacht, doch auch sie lockte das Frühstück und beim Beißen in die erste Alge kam ihr Appetit wieder und sie schlug kräftig zu.

„Wann fliegen wir weiter?" Die Hummel war zurück und schien bester Laune. „Lass uns schnell von hier verschwinden!"

Die beiden flogen die erste Zeit lange über ein dichtes Waldgebiet an diesem Vormittag. Doch endlich lichtete sich der Wald und saftige Wiesen breiteten sich aus und umsäumten einen großen Fluss. Vor Freude quakte Kvakja einige Male mitten im Flug.

Die Ente landete gleich auf der erstbesten Weide. Sie war hungrig und sorgte sich dazu um Bromma, die nur ein mageres Frühstück aus sauren Wollgräsern im Wald hatte.

So flog die Hummel nach der Landung auch sofort mit lautem Brummen zu einer Gruppe saftiger roter Kleeblüten und blieb dort eine ganze Weile. Hummeln brauchen viel zu Zeit, um zu fressen.

Nachdem beide sich satt waren, sahen sie sich in Ruhe um. Auf dem großen Fluss schwamm eine prächtige Schwanenfamilie. Kvakja legte sich für ein Nickerchen zurecht.

Es gibt doch nichts Besseres, als ein kleines Schläfchen nach dem Essen in der wärmenden Sonne.

Doch da knackte etwas und das Entenmädchen flatterte vor Schreck auf, um die Lage von oben einzuschätzen. Es war ein großer, roter Kater auf Mäusejagd. Für eine ausgewachsene Ente nicht unbedingt gefährlich, doch nun war sie schon einmal in der Luft und so flog sie weiter. Zur Sicherheit folgte sie nun dem Flusslauf, anstatt starr nach Nordosten zu fliegen. So war es leichter, geeignete Schlafplätze für den Abend zu finden.

Am breiten Fluss

Am späten Nachmittag erreichte sie ein Flusstal. Kleine Dörfer lagen verstreut am Wasser und Weinreben wuchsen an den steilen Hängen.

Vor einer Brücke schwamm eine Gruppe schmaler Entenvögel hintereinander. In langen Ketten durchpflügten sie das Wasser und Kvakja landete am Ufer, um die fischenden Vögel genauer zu beobachten.

Vielleicht lassen sie mich bei sich übernachten? Mit ihren spitzen Schnäbeln und dem Kopfputz sehen sie wehrhaft aus. Solche Enten habe ich noch nie vorher gesehen!

Vom Ufer aus beobachtete sie leise die geordneten Fischzüge des Vogelschwarms. Sie durfte die Tiere bei der Jagd nicht stören, wenn sie auf ihre Gastfreundschaft hoffte.

Die Vögel waren schnell und geschickt. Ihr Körper war flacher, als der einer Stockente, dadurch schossen sie wie Pfeile durch das Wasser. Etwas später legten sie eine Pause ein. Dabei löste sich die starre Reihenordnung auf und sie schaukelten in der Bucht nahen entspannt vor sich hin.

Das war Kvakjas Gelegenheit und sie flog direkt zu zwei braunköpfigen Damen, die sie sich vorher ausgesucht hatte.

40

Die Nackenfedern beider standen von der Fischjagd wild in alle Richtungen ab. „Guten Abend, Mädels!" Kvakja schwamm vorsichtig näher.

„n´Abend. Wo kommst du denn her? Und, bist ganz allein? Euch Stockis sieht man ja nur selten ohne Gesellschaft."

„Ich bin auf der Durchreise und suche einen Schlafplatz" begann die kleine Ente vorsichtig.

„Leg dich ruhig bei uns ab, kein Problem. Wir Gänsesäger sind da nicht so. Bei euch gibt es in solchen Fällen immer ein Riesengeschrei" prustete die Dunklere der beiden los.

Die andere hatte den Kopf in die Federn gesteckt, um zu schlafen.

„Bräunhilde ist müde" erklärte ihre Freundin mit ernster Stimme weiter.

„Sie war erste Treiberin bei der heutigen Jagd, das ist anstrengend. Außerdem quakt sie generell wenig."

„Das ist sehr nett von euch, dass ich hierbleiben darf, vielen Dank! Also eigentlich sind wir zu zweit. Das hier ist Bromma, meine Hummelfreundin."

Bromma setzte sich mit lautem Surren auf Kvakjas Kopf.

„Echt, eine Hummel? Ist ja lustig. Schläft die in deinen Federn? Und wo seid ihr her? Wie heißt du?"

Schnell quakten die beiden verschiedenen Enten fröhlich miteinander. Kvakja erzählte, von ihrer Nachtangst und wie sie Bromma kennengelernt hatte, dass die Hummel aber eher schweigsam war.

Und von ihren Brüdern und ihrer Mama. Schließlich fragte sie auch nach dem *Dom der Vögel*.

Die fischfressende Ente mit dem Namen Brauntraute hatte noch nie vom *Dom der Vögel* gehört. Sie erklärte Kvakja, dass Gänsesäger meist unter sich bleiben und viel Zeit mit der Jagd verbringen. Da sie nur Fisch fressen, drehen sich ihre Gespräche mit Vorliebe über Fang- und Tauchtechniken. Für Poesie und Märchen ist in ihrem harten Leben wenig Platz. Beide waren erstaunt, wie ähnlich und doch auch wieder verschieden die zwei Entenarten waren.

Es war schon spät und ein winzig kleiner Mond stand am Himmel. Kvakja fielen die Augen zu, während sie quakte.

„Bitte entschuldige, Brauntraute, ich habe letzte Nacht gar nicht geschlafen. Jetzt bin ich todmüde."

„Denk dir nix, ich bin auch müde" antwortete die schmunzelnd.

Damit war das Gespräch beendet und beide steckten die Köpfe zwischen die Federn.

Gänsesäger sind unkomplizierte Enten, dachte sich Kvakja im Dämmerschlaf. Bei Stockenten hätte die Einschlafzeremonie viel länger gedauert. Für gewöhnlich wünschen sich die Vögel reihum paarweise eine gute Nacht und das braucht Zeit. Sind sie damit endlich fertig, fällt einem Tier fast immer noch eine Geschichte ein, die es den anderen unbedingt erzählen muss. Danach fängt die Prozedur der

Nachtwünsche von vorne an. Ebenso begrüßt man sich unter Stockenten einzeln der Reihe nach. Ein Gruß in die Runde gilt als unhöflich.

In dieser Nacht fühlte Kvakja sich sicher und sie schlief traumlos und tief durch. Erst früh am nächsten Morgen wachte sie durch spritzendes Wasser auf. Es waren die Säger, die zum Fischfang aufbrachen.

„Komm vorbei, wenn du auf dem Rückweg bist" rief Brauntraute der noch halb schlafenden Kvakja im Wegschwimmen zu und winkte mit einem Flügel.

„Mach ich. Alles Gute, pass auf dich auf" quakte die Stockente verschlafen und winkte zurück.

„Und vielen Dank noch mal!"

Kvakja schüttelte das Wasser von ihren Federn und döste in der aufgehenden Sonne weiter. Auch Bromma blieb noch liegen, denn so früh am Tag sind die Blüten geschlossen oder voller Tau. Und sie wurde nicht gerne nass.

Später am Vormittag, gab es für die beiden ein schnelles Frühstück. Der Stand der Sonne verriet, dass es höchste Zeit war, aufzubrechen und so ging es weiter flussabwärts. Etwas wehmütig dachte sie an ihre Mama und das kleine Flusstal zu Hause. Doch es gab einen Grund für die Reise und der spornte sie an.

Sie flogen gemütlich, mit vielen Pausen und landeten am Abend in einer sanften Bucht. Dort lebte eine große Sippe Stockenten, die Kvakja bereits aus der Luft gesehen hatte. Mit viel Gequake wurde sie freundlich begrüßt und natürlich musste sie ihre Geschichte erzählen. Alle Entenmitglieder der Gruppe kamen angeschwommen, keine wollte etwas verpassen. Sie fragten nach und quakten durcheinander. Als Kvakja fertig war, erzählten sie, wie sie hier zusammengekommen waren. Insgesamt vier Familien bewohnten die kleine Bucht. Den beiden Reisenden wurde ein Schlafplatz in der Mitte der anderen Vögel angeboten. Doch bei all dem Gequake dauerte es ewig, bis die ganze Meute Schlaf fand. Leider wusste keine der Enten etwas über den *Dom der Vögel*.

Die folgenden Tage verliefen recht ähnlich. Abends traf das Reisepaar auf andere Enten, bei denen sie herzlich aufgenommen wurden. Dann gab es eine Feier und ein langes Geschichtenerzählen. In den Nächten schlief Kvakja tief. Schon glaubte sie, ihre Angst endlich besiegt zu haben.

Doch eines Nachts schreckte sie nach einem Alptraum auf und wieder fühlte sie sich beobachtet und verfolgt von der alten, bösen Macht. Ängstlich sah sie sich um. Einige dicke Entenkörper lagen tief schlafend ganz nah bei ihr. Und ein Erpel, der Nachtwache hielt, warf ihr einen beruhigenden Blick zu. Das gab ihr Sicherheit und sie schlief schnell wieder ein.

Die Tage strichen dahin und es lagen schon einige Tagesflüge zwischen Kvakja und ihrer Heimat. Sie war stärker und konnte viel weiter fliegen als am Anfang. Doch trotzdem achtete sie auf Ruhepausen und ordentliche Mahlzeiten, sowohl für die Hummel als auch für sie selbst.

Je weiter sie flog, desto breiter wurde der Fluss unter ihr.

Eines Nachmittags überflog sie einen kleinen Hafen. Draußen auf dem freien Wasser planschten einige finster dreinblickende Erpel. Kvakja hatte ein komisches Gefühl in ihrer Nähe. Bei ihrer Landung rissen die Vögel Witze und lachten dabei dreckig in ihre Richtung. Schnell schwamm sie zu zwei Entenmüttern mit Küken, die an der Hafenmauer herumtrieben. In Gesellschaft der beiden Familien war sie besser aufgehoben, als bei den Erpeln. Kvakja stellte sich und Bromma kurz vor und erfuhr, dass die Damen Watschula und Quakrid hießen.

„Ihr lebt mit unangenehmen Burschen zusammen, oder" fragte sie die Entenmütter.

„Leider ja" antwortete Watschula.

„Wir sind erst kürzlich mit den Küken hergekommen, weil unser See überfüllt war und damit die Kleinen den Fluss kennenlernen. Anfangs war es wunderschön hier in der Bucht. Wir lebten auf einem Boot in Saus und Braus. Doch gestern Nachmittag kamen die drei Erpel auf einem Transportschiff angefahren, sprangen herunter und blieben hier.

Warum wissen wir nicht, vielleicht sind sie aus der Mannschaft geflogen. Seitdem sind sie scheinbar überall, betrinken sich und pöbeln herum. Und sie beobachten uns die ganze Zeit mit ihren finsteren Gesichtern. Sobald die Küken fliegen, sind wir hier weg!"

„Warum schwimmt ihr nicht weg und sucht euch ein neues Plätzchen, Watschula?"

„Flussaufwärts können wir nicht, das ist zu anstrengend für die Kleinen. Und in die andere Richtung kennen wir uns nicht aus und wissen nicht, was dort auf uns wartet. Vielleicht kommt eine Schleuse oder etwas Gefährliches, dann wird es für die Küken schnell ernst. Das versteht man vermutlich erst, wenn man selber welche hat."

Kvakja dachte eine Weile nach. Sie fand die Erpel abstoßend und ungut. Gerne wollte sie den Entenmüttern helfen und schließlich kam ihr eine Idee. Sie würde für die beiden die Lage auskundschaften.

„Ich habe einen Plan, wie ihr den Erpeln vielleicht entkommt" sagte sie.

„Drüben bei den Rosen macht die Hafenkante eine Biegung und dahinter ist eine Bucht versteckt, das habe ich von oben gesehen. Sie liegt außer Sicht der Erpel. Von dort fliege ich heimlich weg und erkunde die Umgebung. Habe ich einen besseren Platz gefunden, warten wir, bis es Nacht ist und die drei betrunken sind. Dann schwimmen wir in der Dunkelheit leise davon, so dass sie es nicht mitbekommen. Was meint ihr?"

Watschula und Quakrid waren von der Idee begeistert und strahlten erleichtert.

Also schwamm Kvakja unauffällig am Ufer entlang, in die Richtung des großen Rosenbusches am Hafeneck. Die beiden Mütter folgten ihr langsam und verteilten sich mit den Küken großflächig um den Busch. Nun war auf die Entfernung nicht mehr genau zu erkennen, wie viele Entenvögel dort eigentlich schwammen. Bromma flog zu einer der Blüten, sie sollte sich zwischenzeitlich in Ruhe sattfressen. Watschula und Quakrid hatten versprochen, auf sie aufzupassen.

Wären alle Enten um die Kurve verschwunden, hätten die Erpelflegel bestimmt etwas geahnt und wären hinterhergekommen. Doch so flog Kvakja lautlos davon und keiner der drei Tyrannen vermisste sie.

Die Küken tollten und planschten wild umher und sorgten so für Ablenkung. Nach einer Weile ermahnten ihre Mütter sie zur Ruhe und baten sie, etwas zu schlafen.

„Heute Nacht wird es aufregend, also ruht euch ein bisschen aus" flüsterte Quakrid ihnen zu.

„Es ist eine große Überraschung, was passieren wird und wenn ihr Fragen stellt, fällt sie aus."

Die Ente hoffte, dass die Küken sich damit zufriedengaben.

Es klappte! Nach einer Weile hatten sich alle eingerollt und ihre Schnäbel auf dem Wasser schaukelnd in die Federn gesteckt.

Kurz darauf landete Kvakja leise in der uneinsichtigen Ecke der Bucht und schwamm von dort lautlos zu den beiden Müttern mit den schlafenden Küken. Bromma war froh, sie wiederzusehen, und surrte freudig auf. Sie wurde auf Reisen nicht gern von der Ente getrennt.

„Hört zu" fing Kvakja flüsternd an zu sprechen.

50

„Weiter unten am Fluss, etwa 500 Flügelschläge, ist ein riesiger, eingezäunter Garten. Dort lebt ein freundlicher Hund, der Enten liebt und schon viele aufgezogen hat. Ich habe lange mit ihm gesprochen, er ist vertrauenswürdig. Im Zaun ist ein Loch, durch das wir vom Fluss her auf das Grundstück kommen. Und weiter hinten liegt ein Gartenhaus unter den Bäumen, indem wir alle wohnen dürfen. Ich denke, dort seid ihr vor den Rüpeln geschützt. Gustav, so heißt der Hund, freut sich sehr, euch aufzunehmen.“

Die Mütter freuten sich riesig, bald mit ihren Küken in Sicherheit zu sein. Zwischenzeitlich war die Nacht angebrochen, nur leider schien der Mond sehr hell. Das bedeutete für die Enten, dass sie besser warteten, bis die Erpel im Suff einschliefen. Die düsteren Gesellen hatten am Hafenkiosk Bierflaschen aufgetrieben und waren deutlich angetrunken. Sie grölten lauthals Sauflieder und grinsten den Enten am Rosenbusch immer wieder breit zu. Es war ein langes Geduldspiel. Doch mit der Zeit wurde das Gequake lallender und sie vergaßen beim Singen den Text ihrer Lieder.

Während die Küken brav schlummerten und die Enten auf den Schlaf der Erpel warteten, fingen im Rosenbusch die Nachtigallen an zu trällern.

Ach wie wunderschön, dachte Kvakja. Bis zu diesem Abend kannte sie die schönen Stimmen der Sänger nur vom Hörensagen.

Ob ich wohl den Dom der Vögel noch finden werde, fragte sie sich, während sie andächtig den bezaubernden Melodien der kleinen Federbälle zuhörte.

Vor lauter Aufregung mit den bösen Erpeln hatte sie vergessen, Watschula und Quakrid nach dem *Dom* zu fragen. Aber bis jetzt hatte keine der anderen Enten, die sie auf ihrer Reise getroffen hatte, das Lied gekannt.

Die Nachtigallen hatten sich für ihren Gesang tief in den dichten Busch zurückgezogen. Nur ein alter Vogel saß am Rand eines Zweiges und sah verliebt den Mond an. Kvakja fiel auf, wie klein und unscheinbar das Tier war. Sein braunes Gefieder färbte sich an vielen Stellen schon weiß.

Plötzlich horchte die Ente auf. Eine ihr bekannte Melodie zwitscherte aus dem Schnabel des alten Vogels. Gebannt lauschte sie auf den Text:

Ein Dom aus Licht und Bäumen hinter Wäldern tief
Wo goldner Schein durch immergrüne Zweige fließt

Kristallklar und doch warm die Seligkeit im Zauber dringt
Zur hohen Küst´ am End´ der Welt, die Leuchtende die Nacht verbringt

Doch nicht der Sonne Lauf gen Westen liegt der Dom!
Ohn´ Angst und Sorg auf ewig euer Schicksal bleibt
Wo Land befreit sich hebt und Eis gebar der Steine Strom
Bezwingt der Vogelstimmen holder Klang des Dunklen ew´ges Leid

Suchet nicht den Ort, zu kostbar ist der Welten Zeit
Und ruft die Weiße erst zum letzten Flug
Seid getrost, er findet euch mit aller Seelen Klang in tiefer Freud´
Wohin ihr zieht und bleibt, in einer Schar und einem Zug

Kvakja zitterte vor Aufregung. Da war es endlich, nun hatte sie das ganze Lied gehört! Sie fasste sich ein Herz und sprach den alten Vogel an.

„Guten Abend, Herr Nachtigall! Darf ich sie etwas fragen?"

Der Vogel sah erstaunt in Kvakjas Richtung.

„Enten sprechen selten mit mir. Und meist erinnere ich mich kaum noch an etwas. Es ist so viel Nebel in meinem Kopf. Bis auf dieses Lied, das singe ich jeden Abend."

Es stellte sich heraus, dass der Vogel Hans hieß und doch noch mehr wusste, als er behauptete. Vor allem über den *Dom der Vögel*.

„Ich glaube, ich war sogar selbst einmal dort. Aber das ist so lange her. Da sind diese Bilder von einer Schlucht und hohen Bäumen. Sie reichen bis in den Himmel und auf jedem Zweig sitzen Vögel, die nur aus Glück und Freude singen. Dafür gibt es keine Worte."

Hans erinnerte sich mühsam, dass es eine Legende vom *Dom der Vögel* gab, die besagte, dass alle Vögel an ihrem Lebensende dorthin kommen.

„Alle heißt es ausdrücklich, auch die Entenvögel. Und dort herrschen Friede und große Freude. Ein helles, warmes Licht erinnert an ewigen Frühling. Und nein, Angst gib es da nicht. Wenn ich nur wüsste, ...“

Dann sah er wieder verliebt den Mond an. Erst nach einer Weile sprach er doch noch weiter.

„Es ist ein Mondlicht, aber hell wie die Sonne. Ich glaube schon, dass man zu Lebzeiten hinkann, oder es einen Zugang gibt – ein Vorhang in eine andere Welt. In meinen Erinnerungen ist es so.“

„Weißt du noch, warum du hingeflogen bist?“

„Es war eine lange Reise, aber wieso ...? Ich glaube, ich hatte Angst, nachts zu singen, das lockt so viele Feinde an. Als wir dann in der Schule das Lied vom *Dom der Vögel* lernten, machte ich mich auf den Weg. Ich flog und flog ...“ wieder legte Hans eine lange Pause ein.

„Hast du denn noch Angst?“

„Nein, seit ich so alt bin, gibt es kaum etwas, vor dem ich mich fürchte. Ich warte nur darauf, endlich meine geliebte Frau Julia wieder zu treffen. Sie sitzt im *Dom der Vögel* auf einem Zweig und hält mir einen Platz neben sich frei, das weiß ich genau. Und bis dahin genieße ich die Mondnächte und zwitschere aus reiner Freude. Weißt du, das ist bei Singvögeln so: Wir müssen singen, entweder um unser Revier zu verteidigen oder um Frauen anzulocken. Das ist doch schade,

Musik ist so etwas Schönes! Freudengesang ist mir lieber als das langweilige Kartenspielen im Vogelaltersheim. Oder das Gemecker über Krankheiten!"

„Danke, Hans. Du hast mir sehr geholfen und ich würde gerne länger mit dir sprechen. Doch wir müssen jetzt los. Meine beiden Freundinnen flüchten heute Nacht mit ihren Küken vor den unverschämten Erpeln dort drüben. Wir haben alle Angst, dass sie uns verfolgen, doch nun schlafen sie endlich. Das ist die Gelegenheit, unbemerkt zu verschwinden. Morgen fliege ich weiter und suche den *Dom der Vögel*. Pass auf dich auf, lieber Hans."

„Und du auf dich kleine Ente!"

Kvakja wischte sich eine Träne aus den Augen, denn Enten werden schnell rührselig. Was für ein liebenswerter alter Vogel, dachte sie.

Hans winkte ihr freundlich zu und hob nach einer kurzen Weile zu neuem Gesang an. Es war ein lustiges Zugvogellied, das er anstimmte.

„Es ist Zeit, die Rüpel sind endlich eingeschlafen." Quakrid stupste Watschula an der Schulter und alle drei Enten nickten sich zu.

Tatsächlich waren die Flegel auf einem Steg in tiefen Schlaf gefallen. Umzingelt von einem Haufen Bierflaschen lagen sie in einem Berg aus Federn und Flügeln auf dem Boden. Ihr Schnarchen war weit zu hören.

Die Mütter weckten leise die Küken. Die sahen sich mit großen, müden Augen ungläubig an. Der Älteste von Quakrid wäre um ein Haar in ein lautes

Kampfgequake ausgebrochen, doch die hielt ihm geistesgegenwärtig und mit geübtem Griff den Schnabel zu.

„Kein Mucks" zischte sie und setzte ihr bösestes Gesicht auf. Die Kleinen waren noch leicht einzuschüchtern und so schaffte es, die ganze Entengesellschaft lautlos am Steg der Erpel vorbei und auf den Fluss hinaus.

„Bleibt dicht beieinander und lasst euch treiben" raunte Watschula, als alle außer Hörweite der Erpel waren.

Sie schwammen eine Weile mit der Strömung auf dem Fluss und kamen dabei an einer Stadt vorbei. Am Ende der Siedlung standen die Häuser weniger dicht und schmucke Villen lagen in weitem Abstand am Wasser. Kvakja erkannte sofort das riesige Gartengrundstück, auf dem Gustav lebte.

„Dort drüben ist es!"

Am Zaun wartete der große, flauschige Hund bereits.

„Guten Abend" bellte er höflich und neigte den Kopf zu den Enten herab.

„Ich wollte unbedingt hier vorne am Ufer warten! Wären euch die Rüpel gefolgt, hätte ich sie sofort verjagt. Seid herzlich willkommen, meine lieben Enten! Bei mir seid ihr sicher. Ich habe schon viele von euch großgezogen und alle besuchen mich, wenn sie in der Gegend sind."

58

Bei ihrer Suche nach einem guten Platz für die Entenfamilien hatte Kvakja im Vorbeifliegen gesehen, wie der Hund Gustav sich von einigen Flussenten am Zaun verabschiedete. Neugierig war sie gelandet und mit dem flauschigen Tier ins Gespräch gekommen. Als sie von Watschula und Quakrid erzählte, bot Gustav sofort an, sie bei sich aufzunehmen. Schon allein, um endlich wieder Hundeonkel von Entenküken zu werden. Und nun waren alle heil in Gustavs Garten angekommen. Die Entenmütter waren glücklich und Kvakja ein bisschen stolz. Es fühlte sich gut an, anderen zu helfen.

Weiter hinten im Garten stand ein großes Gartenhaus. Dorthin führte Gustav die ganze Entengesellschaft. Er hatte ein leckeres Abendessen mit Haferflocken, Rosinen und frischem Obst vorbereitet. Nach der geglückten Flucht aus dem Hafen waren die Enten hungrig und griffen ordentlich zu. Die Küken waren so müde, dass sie während des Essens über ihren Tellern einschliefen. Vorsichtig schnappte sich der Hund die schlafenden Federbälle einzeln mit seinem Maul und trug sie ins Bett.

Danach setzten sich die Erwachsenen auf die Terrasse vor dem Gartenhaus und erzählten sich die Geschichte von den bösen Erpeln und der Flucht aus dem Hafen. Quakrid und Watschula bewunderten dabei immer wieder Kvakjas Mut. Der war das unangenehm und sie gestand schließlich, dass sie gar nicht mutig sei.

„Allenfalls tagsüber. In der Nacht, sobald ich einschlafe, kommt die Angst. Es ist nicht mehr ganz so schlimm, seit ich Bromma habe. Doch wegen meinem Nachtschreck bin ich auf dieser Reise. Ich will die Furcht endlich loswerden. Und dafür fliege ich zum *Dom der Vögel*." Dann erzählte sie den anderen von dem Lied.

„Ich denke, wir haben alle vor etwas Angst" antwortete Gustav verständnisvoll.

„Ich fürchte mich, gebadet zu werden. Meine Familie lässt ab und zu ein großes Bad ein und wäscht mich dann. Das ist richtig schlimm! Das beißende Shampoo, das Wasser, das mir in Mund, Nase und in die Ohren läuft. Es brennt so furchtbar und ich habe das Gefühl zu ersticken. Ich versuche wegzulaufen, doch sie halten mich fest und die Wanne ist so glatt, dass meine Pfoten abrutschen. Im Fluss schwimme ich gerne, aber gebadet werden, das ist unerträglich! Ich habe Todesangst, jedes Mal wenn es so weit ist."

Die Enten zeigten sich erstaunt, dass so ein großer, starker Hund vor etwas Angst hatte. Schließlich waren sich die Entenmütter und Gustav einig, dass es völlig normal ist, sich zu fürchten. Und dann waren alle mit einem Mal müde und gingen zu Bett.

Die kleine Kvakja schlief wie ein Stein in dieser Nacht. Das tiefe und gemütliche Schnarchen Gustavs gab ihr ein Gefühl wohliger Sicherheit und Geborgenheit. Noch nie hatte sie sich im Schlaf so behütet gefühlt.

61

Am nächsten Morgen fiel es der Ente schwer, ihre neuen Freunde zu verlassen. Gustav hatte ihr angeboten, ganz zu bleiben, als sie ihm beim Frühstück erzählt hatte, wie wohl sie sich bei ihm fühlte. In der Nähe des großen, weichen Hundes würde sie sich vermutlich nie wieder fürchten. Und Quakrid und Watschula waren Freundinnen für sie geworden.

Doch etwas in ihr ließ ihr keine Ruhe. Innerlich zog es sie mit großer Kraft weiter.

Gustav riet ihr, dem Fluss nicht mehr allzu lange zu folgen, denn er durchfloss eine riesige, gefährliche Stadt, bevor er ins Meer mündete.

„Dort ist nichts Gutes Kvakja. Ich war mit meiner Familie da. Es ist grässlich laut und stinkend. Du wirst dich zu Tode fürchten! Doch wenn du jetzt Richtung Norden fliegst, kommst du direkt ans Meer. Und die See musst du überfliegen, denn unser Land ist dort oben zu Ende. An der Küste gibt es eine Gruppe von Inseln, auf denen ist es sicher. Und dann versuche, die Ejder[1] zu finden. Die leben auf See und fliegen riesige Strecken. Sie zeigen dir bestimmt, wie du am besten weiterkommst. Man sagt, sie seien Piraten, doch das stimmt nicht. Sie sind nur wild und frei und halten sich nicht an Regeln. Wenn die Ejder keinen Weg kennen, weiß es so schnell niemand."

---

[1] Eiderenten werden bei allen Enten andächtig nur Ejder genannt. Sie leben auf dem Meer und ernähren sich von Muscheln.

Gustav war mit seiner Familie schon oft an der Küste und hatte die Gelegenheit immer mal für einen Plausch mit den Piratenenten genutzt. Er erklärte Kvakja, dass diese Enten fast nie an Land kamen und sie sich deshalb nicht entmutigen lassen solle, wenn sie nicht gleich welche fände.

„Du erkennst sie an ihrem riesigen, geraden Schnabel und ihrer Größe. Sie sind wunderschön."

Dann war es Zeit, Abschied zu nehmen. Kvakja umarmte den flauschigen Hund fest mit ihren Flügeln.

„Du wirst mir fehlen, lieber Gustav." Sie verdrückte sich ein Tränchen.

„Vergiss nicht, auf dem Rückweg vorbei zu kommen" antwortete dieser und wedelte mit seinem langen Schwanz. Kvakja nickte und sprang durch das Loch im Gartenzaun in den Fluss. Wieder in der Luft flog sie mit Bromma auf dem Rücken zum Gruß noch eine Runde über Gustavs Garten.

Bei den Piraten

Die Ente nahm östlichen Kurs, der direkt an der grausigen Stadt vorbeiführte. Sie kämpfte lange mit sich, um nicht umzudrehen, und für immer bei Gustav zu bleiben. Bei ihm würde sie sich nie wieder fürchten.

Schließlich tröstete sie sich damit, dass sie sich auf dem Rückweg immer noch bei Gustav niederlassen konnte und dass sie dort jederzeit willkommen war.

Nachdem sie an der Stadt vorbeigeflogen war, sammelten sich in der Luft Möwen in allen Größen und kriegerische Seeschwalben. Es roch salzig und in der Ferne verlor sich das Land in Schattierungen von Grau. Die Landschaft war flach wie ein Steg. Kvakja flog die ganze Strecke am Stück, um schnell auf die Inseln zu kommen. Bromma beschwerte sich zwischendurch einmal mit lautem Surren, doch Kvakja beruhigte sie.

„Wir landen früher als sonst und haben dann lange Zeit zu fressen," versprach sie der ungeduldigen Hummel.

Am Nachmittag tauchten endlich einige kleine Inseln am Horizont auf und die beiden überflogen die Küste. Kvakja hatte noch nie vorher das Meer gesehen und war sprachlos von dem weiten Blau.

Die Flugverhältnisse über der See waren ganz anders als an Land. Von allen Seiten blies der Wind und machte es ihr schwer, den Kurs zu halten. Es dauerte etwas, bis sie sich daran gewöhnte und beim Fliegen wieder sicher fühlte.

Schlimmer als der Wind war das viele Wasser, das wie ein Spiegel unter ihr lag und ihr die Orientierung nahm. Sie war eine Flussente und so weite Strecken über glattem Blau nicht gewohnt.

Doch die Entfernung zwischen der Küste und den Inseln war nicht groß und bald erreichten sie die Sanddünen einer Insel. Dahinter lag ein kleiner Süßwassersee, perfekt für eine Rast. Bromma flog sofort los, denn um den See blühte Heidekraut, eines ihrer Lieblingsessen. Auch Kvakja gründelte nach dem langen Flug ausgiebig und fraß sich satt.

Der See schien ein beliebter Rastplatz zu sein, denn je später es wurde, umso mehr Enten landeten dort. Die meisten waren merkwürdige Wasservögel: Eine Gruppe Erpel war braun-schwarz mit rotem Schnabel und gelben Kopfputz. Wieder andere waren stockentenähnlich, jedoch kleiner. Schließlich schaukelte noch eine Schar gänseartiger Vögel, die weiß-grünlich mit dunklem Kopf waren und einem roten Hakenschnabel hatten. Stockenten wiederum gab es gar keine. Kvakja war sich nicht sicher, was das alles für Entenvögel waren und ob sie Fremde duldeten.

Die Entenart mit der braunen Haube und dem roten Schnabel hatte sie schon mal gesehen. Sie glaubte, dass das Kolbenenten waren. Von den kleineren

Vögeln, die alle bräunlich waren, planschte ein Vogel in ihrer Nähe. Das Tier schien alleine zu sein. Sie schwamm mit freundlichem Quaken zu ihm und erfuhr, dass er ein Schnattererpel namens Sten war.

Für einen Erpel war er schmal und zierlich. Die Tiere mit dem roten Hakenschnabel seien Brandgänse, so erklärte er ihr. Der See gehörte ihnen, sie waren jedoch freundlich zu Durchzugsgästen. Sten erzählte, dass er immer an dem See übernachtete, wenn seine Geschäfte ihn in diese Richtung brachten. Er kam aus einem Land, das weiter nordöstlich lag und war ein herzlicher, älterer Vogel.

Sten hatte am Ufer schon oft Marder und Füchse gesehen und schlief deswegen immer auf dem See, um kein Risiko einzugehen. Einmal hatte ihm ein Raubtier ein Maul voll Schwungfedern ausgerissen. Das war nicht nur ein erschreckend, sondern auch hinderlich auf seinen Reisen. Denn danach flog er lange Zeit nur sehr schlecht und vor allem Start und Landung waren mühsam.

„Sie wachsen nicht so schnell nach" warnte er. Kvakja fragte ihn, ob es etwas gab, vor dem er sich fürchtete und erzählte von ihrem Nachtschreck. Und dass sie deswegen zum *Dom der Vögel* wollte. Sten sah sie mitfühlend an, dann kratzte er sich am Kopf.

„Natürlich kenne ich Angst" setzte er vorsichtig an.

„Alle Tiere haben sie, das ist normal. So wie wir uns freuen und traurig sind oder Hunger haben, so fürchten wir uns. Sie kommt und sie geht wieder und vor allem: Sie gehört zum Leben! Ohne sie wären wir leichtsinnig und schnelle Beute für Feinde. Oder wir würden uns dauernd verletzen. Außerdem könnten wir Glück und Freude nicht spüren, wenn wir uns dazwischen nicht mal schlecht fühlten. Vom *Dom der Vögel* und dass man dort seine Angst loswird, habe ich allerdings noch nie gehört."

Dann erzählte er noch ein bisschen von seinen Reisen. Kvakja hatte das Gefühl, dass er das Thema wechseln wollte.

Der Erpel hatte von der Welt schon viel gesehen. Das große Meer überflog er regelmäßig auf seinen Reisen. In den Lavendelfeldern im Süden hatte er ein kleines Haus und dorthin war er unterwegs.

Da er in die Gegenrichtung reiste, konnte er Kvakja nicht den Weg über das Meer zeigen. Doch auch er riet ihr, die Ejder zu finden und eine erste Überquerung nicht alleine zu versuchen.

„Niemand kennt das große Meer wie die Ejder," endete er, kurz bevor er den Schnabel zum Schlafen in die Federn steckte.

Am nächsten Morgen, nachdem alle drei sich in Ruhe gestärkt hatten, bot er Kvakja an, sie zu den wilden Vögeln auf See zu begleiten:

„Ich bringe dich ein Stück raus, bis wir ein paar von ihnen finden. Die helfen dir sicher, auch wenn sie etwas raubeinig sind."

Kvakja war Sten dankbar und nahm die freundliche Hilfe gerne an. So brachen die beiden Enten und die Hummel auf in Richtung See.

Es war ein strahlender Morgen und kein Lüftchen regte sich. Auf den Sandbänken, die mitten im Meer lagen, sonnten sich seltsam lange Tiere. Sie hatten eine Hundeschnauze und einen Fischschwanz. Die kleine Ente starrte die Wesen mit offenem Schnabel von oben an und wäre dabei fast vom Himmel gefallen. Vor Erstaunen hatte sie vergessen, die Flügel weiterzubewegen.

„Hast du noch nie einen Seehund gesehen? Auch wenn sie keine Enten fressen, vom Himmel fallen musst du deswegen nicht" scherzte er lachend.

„Seehunde und Robben wohnen im Wasser und sind zu allen freundlich. Ich weiß nicht, wie weit sie reisen, aber an Land bewegen sie sich schlecht, ihr Körper ist nur zum Schwimmen gedacht. "

70

Die Tiere sahen aus, als könnte man mit ihnen einen schönen Plausch halten. Und wie genussvoll sie in der Sonne lagen und schliefen!

Bromma summte nervös unter ihren Federn. Die kleine Hummel hatte mitbekommen, dass es nicht sicher war, ob es heute noch einmal etwas zu fressen gab, denn auf dem Meer wachsen bekanntlich keine Blumen. So versuchte sie, in die Ruhestarre zu kommen, um ihre Kräfte zu schonen. Mit der Starre überdauerte sie sonst Regentage und Kälte. Im Gefieder der Ente war es dafür zu warm, so dass ihre Temperaturfühler durcheinander kamen. Nach einer Weile nervösen Surrens gab sie auf und döste stattdessen vor sich hin.

Kvakja starrte beim Fliegen angestrengt in das tiefe Graublau aus Himmel und Meer. Nirgendwo war eine Kontur zu sehen.

„Schau auf den Horizont" riet ihr Sten.

„Sonst wird dir schlecht, du bist Meeresflüge nicht gewöhnt!"

Geraume Zeit später zog Sten auf einmal scharf nach unten. Kvakja erkannte selbst nichts und flog brav hinterher.

Da, zwischen den Wellentälern schaukelten einige, große braune Entenvögel! Sie hatten riesige, gerade Schnäbel, die sich von der Stirn herab in einer Linie zogen. Sten landete mit höflichem Abstand von den vier Tieren.

Sie sangen gerade ein Seemannslied in tiefen, rauen Quaktönen. Es hatte viele Strophen und handelte von einem gefürchteten Entenpirat mit Namen Svartskägg.

Die Plündereien und Untaten in dem Lied waren grausig und die Geschichte nahm ein schlimmes Ende.

Was für ein schrecklicher Gesang, dachte Kvakja und nestelte nervös an ihrem Gefieder herum. Sie hörte nicht gerne grausame Lieder. Doch Sten zeigte ihr an, still zu sein.

Als die vier fertig waren, gab es eine kurze Pause, in der niemand etwas sagte. Dann zog die größte und dunkelste Ente eine Flasche Schnaps aus ihrer Federtasche[2] und nahm einen kräftigen Schluck. Wahrscheinlich war sie die Anführerin.

„Dat is hier so begäng" sagte sie grinsend.

Alle anderen brachen in schallendes Gelächter aus und die Pulle ging reihum. Auch Kvakja und Sten mussten mittrinken.

Die kleine Ente versuchte, ihr Schütteln von dem ungewohnten Schnaps zu verbergen. Er brannte in der Kehle.

„Lütt un Lütt" begrüßte die Dunkle die beiden schließlich und lachte wieder.

Kvakja ließ Sten mit den Enten sprechen. Weder wusste sie, was *lütt* bedeutete, noch verstand sie den Dialekt der Tiere. Der Erpel und die Ejder quakten eine ganze Weile. Schließlich wandte er sich wieder Kvakja zu und bat sie, das Lied vom *Dom der Vögel* zu singen. Die Ente hatte die liebliche Version von Nachtigall Hans im Ohr und es war ihr peinlich, als sie ihre eigene, heisere

---

[2] Alle Enten haben eine unsichtbare Federtasche am Bauch für wichtige Gegenstände.

Stimme quaken hörte. Sie wurde sogar rot unter ihren braunen Federn, während sie sang:

Ein Dom aus Licht und Bäumen hinter Wäldern tief
Wo goldner Schein durch immergrüne Zweige fließt

Kristallklar und doch warm die Seligkeit im Zauber dringt
Zur hohen Küst' am End' der Welt, die Leuchtende die Nacht verbringt

Doch nicht der Sonne Lauf gen Westen liegt der Dom!
Ohn' Angst und Sorg auf ewig euer Schicksal bleibt
Wo Land befreit sich hebt und Eis gebar der Steine Strom
Bezwingt der Vogelstimmen holder Klang des Dunklen ew'ges Leid

Suchet nicht den Ort, zu kostbar ist der Welten Zeit
Und ruft die Weiße erst zum letzten Flug
Seid getrost, er findet euch mit aller Seelen Klang in tiefer Freud'
Wohin ihr zieht und bleibt, in einer Schar und einem Zug

„Soso, zum *Dom der Vögel* also" sprach die Anführerin in Hochquak[3] diesmal direkt zu Kvakja. Wieder gluckste sie, es klang ein bisschen teuflisch.

„Da kommen wir alle früh genug hin, zu deinem *Dom*! Ich sag dir was Kleine: Keine Ahnung, wo der ist! Wir Ejder bleiben auf See, wir sind Seeleute und Muscheltaucher und trotzen Wind und Wetter. Schon mal einen Kaventsmann[4] gesehen? Ich schwör dir, da bist du platt. Das wollen wir ja nun nich´ riskieren."

Sie machte eine kurze Pause, bis alle Enten in Ruhe über eine große Welle geschaukelt waren, die gerade heran schwappte.

„Wir machen es so: Heute Nacht wird die See ruhig sein, da bleibst du hier. Und morgen bringen wir dich nordwärts, an unsere Heimatküste. Wenn du von dort das Land in Richtung Osten überfliegst, kommst du auf der anderen Seite an die hohe Küste. Das ist der einzige Ort, den ich kenne, auf den die mittleren Strophen im Lied passen. In alten Erzählungen heißt es, dass der Name daher kommt, weil sie sich die Küste jedes Jahr ein bisschen hebt. Vermutlich ist es so, denn man sieht in den Bergen dahinter, dass dort einmal der Strand war. Die Gegend ist alt und verwunschen. Einen knappen Tagesflug ist es, bis zu unserer Küste und dann musst du alleine weiter fliegen. Wir gehen nicht an Land."

---

[3] Hochquak ist die Sprache, in der alle Enten weltweit miteinander sprechen. Daneben hat jede Art ihre eigenen Dialekte. Nur Stockenten sprechen nur Hochquak.

[4] Das ist in der Seemannssprache eine besonders große Welle, die sogar Schiffe zum Kentern bringen kann.

Kvakja fragte sich, woher die Anführerin wohl so viel über die hohe Küste wusste, wenn sie alle nur auf dem Meer blieben. Doch sie traute sich nicht, die Frage zu stellen. Vermutlich haben die Tiere eine eigene Sammlung von Legenden und irgendein Vorfahre war einmal dort, schloss sie ihre Überlegungen ab.[5]

Sten erklärte Kvakja noch, dass *lütt un lütt* ein Witz der Ejder war. Es bedeutete so etwas wie klein und klein, würde aber eigentlich nur für Schnaps und Bier verwendet. Dann verabschiedete sich der zierliche Erpel. Er wollte vor Sonnenuntergang zurück auf dem See der Brandgänse sein, um am nächsten Tag weiter in den Süden zu fliegen.

„Meine alten Knochen lieben die Wärme dort unten," sagte er.

„Aber du bist hier bei Störtequake und ihrer Truppe in den besten Schwingen!"

Zum Abschied lud er Kvakja ein, sie doch einmal in seinem Anwesen in den Lavendelfeldern zu besuchen.

Die Stockente merkte, wie ihr das viele Abschiednehmen langsam schwerfiel.

Wenn ich zurückkomme, werde ich alle besuchen und mich für die Hilfe bedanken, beschloss sie, als sie Sten am Horizont nachsah, bis das endlose Grau ihn verschlungen hatte.

---

[5] Die kleine Kvakja trifft die Ejder im friesischen Meer. Von dort ist die hohe Küste in Schweden auch auf dem Seeweg zu erreichen, aber das weiß sie nicht.

Ein bisschen mulmig war ihr, die Nacht auf hoher See zu verbringen. Wer weiß schon, was da unter einem lauert, gruselte sie sich.

Sie schauderte vor sich hin und zuckte bei jedem Wellenschlagen zusammen. Störtequake und ihre Truppe sangen weiter ihre Lieder. Dazwischen lachten und scherzten sie oder tranken Schnaps. Kvakja verstand von den Texten kein Wort, aber die Melodien waren nun fröhlicher als bei dem ersten Lied.

Dann wurde es Nacht. Die war genauso dunkel wie damals im Wald, doch weil sie Gesellschaft hatte, fürchtete sich das Entchen weniger. Unheimlich war es trotzdem, aber vor Müdigkeit fielen Kvakja immer wieder die Augen zu. Schließlich wünschte sie den anderen eine gute Nacht und rollte den Kopf ein.

„Armes Ding" hörte sie die Störtequake auf Hochquak sagen.

„Sie gehört nicht auf See."

Die drei anderen aus der Gruppe nahmen Kvakja daraufhin in die Mitte, damit sie im Dunklen nicht abtrieb. Dann waren die vier ruhig, auch sie schienen zu schlafen.

Zupfte es dort nicht an ihrem Fuß? Und war nicht doch eine Strömung zu spüren? Die Federn der Stockente juckten vor Nervosität und sie kratzte sich. Da spürte sie die schweren, anderen Entenkörper links und rechts neben sich und beruhigte sich schnell wieder. Die Ejder wirkten rau, aber sie passten gut auf die kleine Ente auf.

In der Früh war Kvakja vom vielen Geschaukel leicht gerädert. Störtequake hatte ihr einige Muscheln von der Bank unter ihnen zum Frühstück hochgetaucht. Die Stockente freute sich über die Fürsorge, denn sie hatte Hunger. Doch so ein salziges Essen war sie nicht gewohnt und es würgte sie gewaltig, als sie auf die Muschel biss. Höflich versuchte sie, sich nichts anmerken zu lassen. Sie wollte die Ejder nicht vor den Kopf stoßen. Die Zweite schluckte sie lieber ganz, um das Würgen weniger zu spüren.

Mitleidig dachte sie an ihre Hummel. Sie spürte den kleinen Körper ganz ruhig in ihren Federn liegen.

„Wenn wir an der Küste sind, machen wir eine lange Blumenpause kleines Hummelchen" flüsterte sie sanft. Doch Bromma regte sich nicht.

„Los geht´s" rief Störtequake nach dem Frühstück in den aufkommenden Wind und alle Ejder erhoben sich auf einmal. Sie flogen tief über den Wellen. Kvakja musste sich erst an den Flugstil gewöhnen. Ab und an platschte eine Wellenkrone an ihre Brust. Die Damen waren schnell unterwegs und die kleine Ente arbeitete hart, um mitzuhalten.

Am Nachmittag erreichten sie einen Hafen. Als Kvakja auf der Kaimauer gelandet war, drehten die Ejder ab. Ein kurzes „Adjis" und schon verschluckte sie das Grau der Wellen.

„Vielen Dank und alles Gute für Euch" winkte Kvakja den vier Damen hinterher. Sie wusste mittlerweile, dass Ejder wegen ihrer Muschelesserei in den Häfen nicht willkommen waren. Insgesamt vertrauten sie weder dem Festland noch seinen Bewohnern.

Was für Teufelsenten, murmelte die Ente bewundernd zu sich selbst.

Oberst Juvas und ihre Getreuen

Der Hafen lag eingerahmt von hohen Klippen am Meer und Kvakja flog als Erstes hinauf zur oberen Felskante. Dahinter lagen saftiges Weideland und weite Wiesen. Es gab Unmengen Blumen und sogar einen kleinen Bach. Perfekt für ein Abendessen!

Vorsichtig zog sie die steife Bromma aus ihren Federn und setzte sie direkt auf eine Blume. Die kleine Hummel durchzuckten ein paar Schauer, dann fing sie an, ihre Kopffühler zu putzen. Schließlich merkte sie, dass es etwas zu fressen gab, und stürzte sich auf das Gänseblümchen, auf dem sie abgesetzt worden war.

Das ungewohnte Muschelfrühstück hatte Kvakja lange im Magen gelegen, auf dem Flug übers Meer. Auch jetzt hatte sie kaum Appetit. Während sie Bromma beim Fressen zusah, dachte sie ein bisschen an die tapferen Ejder und wie sie bei Wind und Wetter auf See lebten. Nur um ihre Küken aufzuziehen, gingen sie an Land.

Schließlich sah sie sich in der Gegend um, denn die leidige Frage nach dem Nachtlager war noch offen. Auf einem Feld nicht weit entfernt weidete eine Herde Gänse.

„Was solls, ich versuche später mein Glück bei ihnen."

Bei Gänsen konnte man nie wissen, was einen erwartete. Manche waren sich zu fein, um überhaupt mit kleineren Vögeln zu sprechen, andere dagegen waren freundlich. Und dann gab es noch die, die Schabernack mit den schwächeren Enten trieben.

Die Sonne stand schon tief am Horizont, als eine schwer mit Pollen bepackte Hummel zurückkam. Sie sah jetzt deutlich runder aus, als vorher.

„Bist du satt?"

„Ja, es hat ein bisschen gedauerte" gluckste Bromma surrend. Beide lachten.

„Mir liegen die Muscheln zwar nicht mehr im Magen, aber wenn ich daran denke, werde ich erpelgrün…"

Bromma setzte sich weit unten in die Entendaunen und versteckte sich so, dass niemand sie sah. Beide waren sich einig, dass beim Zusammentreffen mit den Gänsen Bromma am besten zunächst unsichtbar blieb.

„Guten Abend" quakte die Ente freundlich und landete neben zwei eifrig fressenden Gänsedamen. Die beiden sahen kaum auf.

„Ich suche ein Nachtlager," versuchte es Kvakja vorsichtig. Sie hatte im Laufe ihrer Reise gelernt, dass man bei anderen Vögeln lieber schnell zum Punkt kam. Eine der beiden sah kurz auf und musterte die Ente von oben bis unten. Dann mümmelte sie mit vollem Schnabel, dass Kvakja das die Leitgans fragen müsse.

Wer wohl die Leitgans war? Vermutlich eine etwas ältere Gans rätselte die Ente. Die beiden Gänse machten keine Anstalten ihr zu helfen, es war wohl offensichtlich, wen sie meinten. Während Kvakja sich weiter umsah, kamen zwei große Ganter angewatschelt. „Eindringling Ente" trompeteten sie lautstark und das Entchen rollte die Augen. So ein Geschrei, dachte sie bei sich.

Schon stellten sich die stolzen Tiere mit gereckten Hälsen vor ihr auf und ließen ihre Muskeln spielen.

„Du wirst uns zu Oberst Juvas begleiten!" Sie nahmen Kvakja in die Mitte und drängten sie vorwärts. Die Ente war sich sicher, dass die beiden sie mit ihren Schnäbeln zwicken würden, falls sie nicht folgte. Im Stechschritt wurde Kvakja zu einer Gans eskortiert, die auf einer kleinen Anhöhe graste. Alle anderen Gänse hielten einen respektvollen Abstand zu ihr. Warum war ihr das vorher nicht aufgefallen?

„Melde gehorsamst, Oberst Juvas, ein Eindringling, eine Ente."

Die beiden Ganter salutierten artig mit ihren Flügeln. Kvakja stand vor einer älteren Gänsedame mit einer langen Narbe auf der Brust.

„Ja, das ist eine Ente! Roys, Stygge, wegtreten. Grast meinetwegen weiter, aber seid wachsam. Der Fuchs ist vielleicht noch in der Nähe sein." Dann wendete sie sich Kvakja zu.

„Wir sind gestern angegriffen worden, von einem Rotpelz. Seitdem gilt die höchste Sicherheitsstufe. Was willst du also, Ente?"

84

Kvakja entschloss sich zur Wahrheit in sehr kurzer Form. Oberst Juvas sah nicht aus, als ob sie langes Gequake schätzen würde. Also erzählte sie, dass sie zur hohen Küste unterwegs war und Gesellschaft für die Nacht suchte. Alles Weitere ließ sie lieber weg.

„Sehr klug, Frau Ente. In diesen Zeiten ist man vor nichts sicher. Ich erlaube ihnen, heute Abend hierzubleiben. Allerdings müssen sie eine Wache mit übernehmen. Unsere Verteidigung ist müde und braucht dringend etwas Entlastung.

„Dann schlage ich vor, Oberst Juvas, ich fange gleich damit an. Bis zum Mondaufgang halte ich durch.“

So einigten sich die beiden.

Oberst Juvas trötete einmal laut auf, das war das Zeichen für eine offizielle Bekanntmachung. In der Gänseschar horchten alle sofort auf, hoben ihre Köpfe und sahen andächtig in Richtung der Oberstin.

Unter Enten unvorstellbar, dachte sich Kvakja.

„Ich erlasse folgende Abendordnung: Wir haben hier Eindringling Ente. Sie ist harmlos und wird die Nacht bei uns verbringen. Die Ente übernimmt die erste Nachtwache bis zum Aufgang des Mondes. Danach ist Stygge dran und dann Roys. Alle anderen sammeln sich und begeben sich sofort in Nachtruhe. Geschlafen wird aus Sicherheitsgründen nur halb[6]. Wenn der Rotpelz wiederkommt, müssen wir gewappnet sein. Hört eine von euch ein seltsames Geräusch, startet ihr sofort durch und fliegt zu den Felsen. Dort werden wir durchzählen und feststellen, ob einer fehlt oder Rettungsmaßnahmen einzuleiten sind. Gute Nacht und ruht wohl!"

Zu Kvakja gewandt sagte sie, sie möge hier auf der Anhöhe bleiben. Wenn ihre Nachtwache vorbei sei, oder falls sie vorher müde wäre, solle sie Stygge wecken. Ihr Schlafplatz in der Nacht sei dann bei den Junggänsen.

Besser als auf hoher See! Kvakja war zufrieden, wie sich das Gespräch entwickelt hatte. Oberst Juvas schaukelte in gemütlichem Gänsegang davon und stellte sich in die Mitte der Gänseschar, zog einen Fuß ein und schien unmittelbar zu schlafen. Auch alle anderen Gänse rückten zusammen und gingen in Schlafhaltung. Kvakja fand die Gänse recht zackig. Sie hatte noch nie derart streng organisierte Vögel getroffen.

Es stellte sich heraus, dass der kleine Hügel auf dem sie Wache hielt, klug gewählt war. Man sah weit in alle Richtungen. Nach Westen lagen die Felsen, über die sie gekommen war und darunter das Meer, während sich sonst Grasland und Wälder abwechselten.

---

[6] Wie bereits beschrieben können Vögel auch nur mit einer Hälfte ihres Gehirns schlafen, wenn sie sich nicht sicher fühlen. Einige von ihnen ruhen sich so sogar beim Fliegen aus.

Ein kleiner Ganter von den Junggänsen kam angewatschelt und stellte sich neben Kvakja.

„Ich kann nicht schlafen und leiste Dir ein bisschen Gesellschaft" sagte er. Der Ganter hieß Jukka und erklärte der Ente die Geschichte der Gänsetruppe und ihre Regeln. Sie erfuhr, dass Oberst Juvas lange in der Abwehrtruppe des Landes gedient hatte und deswegen weder einen Partner hatte, noch Küken. Sie kümmerte sich nach ehrenhafter Entlassung aus dem Dienst um die Vögel, die landauf und landab durch Unfälle oder Unglücke von ihren ursprünglichen Familien getrennt wurden. So entstand ihre Gänseschar. Militärische Ausbildung war ihr besonders wichtig, denn der Gehorsam und die Disziplin dienten der Sicherheit aller Vögel. Einige ihrer Schützlinge hatten mittlerweile eigenen Nachwuchs.

Oberst Juvas war streng, hatte jedoch das Herz am rechten Fleck und liebte alle im Flock[7] wie ihre eigenen Kinder.

Wenn es um einen Nahkampf mit einem Feind ging, kämpfte sie stets selbst ganz vorne und die meisten Altgänse verdankten ihr ihr Leben nicht nur einmal.

Jukka war sehr stolz, zu Juvas Truppe zu gehören. Er war ein im Flock geborener Ganter, seine Eltern Findlinge.

Kvakja erzählte dafür von ihrer Familie. Von dem abgelegenen Flusstal im Süden, in dem sie aufgewachsen war, von ihrem Nachtschreck und ihrer Mama. Dabei rollte ein dickes Tränchen ihre braune Entenwange herunter.

---

[7] Bei Vögeln der Name für eine Herde oder einen Familienverband.

88

Sie hatte Heimweh! Und als sie diese eigenartige Gänseschar hier so sah, die so fest zusammenhielt, fehlten ihr sogar kurz ihre frechen Brüder.

„Das wird schon wieder" tröstete sie Jukka und strich ihr sanft mit seinem Flügel über die Wange.

„Wo möchtest du denn hin." Daraufhin erzählte sie ihm die ganze Geschichte vom *Dom der Vögel* und dass sie hoffte, dort ihre Angst zu verlieren.

„Du bist eine sehr mutige kleine Ente" sagte Jukka.

„Ich würde mich nicht trauen, alleine herum zu fliegen. Aber ich habe auch meinen Platz hier, mit festen Aufgaben. Die anderen verlassen sich auf mich und wir stehen füreinander ein. Das ist schön und es macht Spaß gebraucht zu werden!"

Die beiden quakten lange über den Sinn im Leben, das Reisen und Familien. Dann stellten sie fest, dass der Mond bereits aufgegangen war. Müde watschelten sie gemeinsam zu Stygge und weckten ihn, damit er seine Schicht antrat. Die Junggänse hatten in ihrer Mitte Platz gelassen, so dass die Ente als kleinste und schwächste nicht den Platz am Rand bekam. Kvakja tapste leise zwischen die großen Vögel. Sie war schrecklich müde nach der Nacht auf See und schlief sofort ein. Einmal schreckte sie kurz von einem Alptraum auf, doch der Mond schien sanft auf sie herab und sie sah die starken Gänse um sich herum. Das gab ihr Sicherheit und sie vergaß schnell, was sie beunruhigt hatte.

Der Morgen begann früh mit einem lauten Trompetenstoß von Roys.

„Antreten" rief er. Alle Gänse reihten sich zum Morgenappell in einer Reihe auf, die Oberst Juvas von oben nach unten abschritt. Danach war Frühstückszeit.

Kvakja aß nur hektisch ein paar Schnecken und watschelte dann zur Oberstin, um sich zu verabschieden. Die arme Bromma brauchte dringend etwas zu fressen und war unter den Gänsen immer noch ein blinder Passagier.

„Ich danke euch vielmals für die freundliche Aufnahme heute Nacht. Jetzt muss ich los, mein Weg ist noch weit."

„Papperlapapp," antwortete die Obergans.

„Wir lassen keine kleine Ente allein quer durch das Land fliegen. Unser Weg führt uns zufällig als Nächstes auch zur hohen Küste. Wir werden dich dorthin begleiten."

Kvakja war sehr dankbar für das großzügige Angebot, doch nun musste sie die Sache mit Bromma beichten.

„Eine Hummel" Oberst Juvas zog eine Augenbraue hoch und sah die Ente ungläubig an.

„Nun, ich glaube nicht, dass von so einem Insekt Gefahr ausgeht. Sie darf bleiben. Ansonsten machen wir es wie besprochen. Wegtreten, Eindringling Ente."

Kvakja salutierte, so wie sie es bei den anderen gestern gesehen hatte, und watschelte zurück zu den Junggänsen. Bromma regte sich schon ganz ungeduldig. „Ja, ja, flieg nur raus!"

Schon flog die Hummel in Richtung der saftigsten Blüten. Jukka lachte, als er sah, wie das Insekt aus Kvakjas Federn schoss.

„Und die hast du mir die ganze Zeit verheimlicht" trötete er ungläubig. Doch er war nicht beleidigt.

„Du wusstest ja nicht, was wir von deiner Hummel halten."

Oberst Juvas hielt in der Zwischenzeit noch eine kurze Ansprache, in der sie die Bromma vorstellte und jede Gans aufforderte, auf das Insekt zu acht zu geben.

„Wir begleiten Eindringling Ente und ihre Hummel bis zur hohen Küste. In Kürze ist Abflug" schloss sie die Bekanntmachung.

Bevor es losging, lernte Kvakja von Jukka, dass Gänse in Formation fliegen. Sie bilden in der Luft eine V-Form, um Kraft zu sparen. Außerdem fiel damit sofort auf, wenn ein Vogel fehlte. Dann bekam sie von Roys einen Platz hinter Jukka zugeteilt. Kvakja war mulmig, denn der Formationsflug war etwas völlig Neues für sie.

Der Start verlief gut und nach einigen Minuten in der Luft hatte die Ente herausgefunden, wie das Fliegen in einer Staffel funktionierte. Sie war erstaunt, wie schnell sie vorwärtskamen und wie wenig Kraft sie brauchte.

Mühelos überflogen sie eine hohe Bergkette, danach folgten endlose Wälder. Doch es gab immer wieder lauschige Flusstäler zwischen den Bäumen, in denen es sich gut rasten ließ. Oft legten sie Pausen ein, denn den Gänsen war es wichtig, dass Kvakja sich nicht überanstrengte und Bromma genug Zeit zum Fressen hatte. Der Ente gefiel sehr, wie rücksichtsvoll die Truppe war und dass sich alle umeinander kümmerten. Mit dem Ganter Jukka sprach sie während der Rast oft über die Unterschiede zwischen den organisierten Gänsefamilien und den chaotischen Entenverbänden. Der enge Zusammenhalt unter den Gänsen und die strikte Aufgabenverteilung begeisterten sie. Sie bewunderte auch, dass jede Gans von klein auf lernte, sich und andere zu verteidigen. Im Gegensatz dazu herrschte in Entengruppen das blanke Chaos. Beim Fliegen hatte jeder Vogel eigene Pläne und hob ab, wann es ihm passte, so dass die Tiere manchmal in der Luft zusammenstießen. Eine Truppe aus Enten aufzustellen schien Kvakja unvorstellbar. Sie glaubte nicht, dass sich ein Vogel dauerhaft an die Regeln eines anderen halten würde.

Die gemütliche Reise zur Küste dauerte zwei Tage. Die Zeit verging schnell in der Gesellschaft der Gänse. Nachts schlief Kvakja tief und traumlos, so sicher fühlte sie sich bei den starken Vögeln.

Am dritten Tag der Reise, es war bereits Nachmittag, lichtete sich der Wald, und ein riesiges Felsplateau breitete sich auf der Spitze eines Berges aus. Oberst

Juvas ließ alle Tiere dort landen. Tief unter ihnen lag ein schwarzblaues Meer, durchzogen von kleinen Inseln.

Die Vögel watschelten herum und erkundeten die Gegend. Hier oben gab es nur ungenießbare Moose und Flechten, denn auf den Felsen wuchsen weder Gras noch Blumen.

Einige der älteren Gänse erzählten Kvakja, dass die Inseln, die unten im Meer zu sehen waren, in Wirklichkeit das langsam sich hebende Land war.

Alte Landkarten, die die Tiere nutzten, mussten deswegen ab und zu neu gezeichnet werden.

Schließlich war es Zeit für den Abschied. Kvakja drückte Jukka fest mit den Flügeln. Dann holten Stygge und Roys sie ab und brachten sie zur Obergans.

„Eindringling Ente und Hummel, ihr habt euch gut eingefügt. Meine Truppe könnte euch brauchen. Ihr seid fleißig und diszipliniert. Wenn ihr bleiben wollt, so seid herzlich willkommen."

Kvakja schluckte und ihr liefen die Tränen vor Rührung an der Entenwange herab. Leicht stotternd erklärte sie, dass sie zum *Dom der Vögel* unterwegs war. Nach dieser weiten Reise wolle sie so kurz vor dem Ziel nicht aufgeben. Dann bedankte sie sich herzlich und sagte, dass ihr Oberst Juvas Gänsetruppe sehr ans Herz gewachsen war. Unter anderen Umständen wäre es das Größte für sie, zu so einer heldenhaften und liebenswerten Schar zu gehören. Sie sei untröstlich, dass sie diese Einladung und große Ehre nicht annehmen könne.

Oberst Juvas hatte Verständnis.

„Ich hatte eine Ahnung, was ihr vorhabt und nicht erwartet, dass ihr so leicht davon abzubringen seid. Und das spricht für euch als Vogel! Was auch immer ihr hier an der hohen Küste sucht, ich wünsche euch alles Glück. Wir werden die Küstengegend weitläufig überfliegen und kontrollieren, dass nirgendwo eine Gans zurückgelassen wurde. In zwei Tagen sind wir wieder hier. Wenn ihr bis dahin eure Mission abgeschlossen habt und weiter mitfliegen wollt, verpasst uns nicht! Und noch eines sage ich euch, als eine ältere Freundin und nicht als Oberst."

Sie legte eine kurze Pause ein und sah die kleine Ente nun sehr freundlich an.

„Magische Orte wie der *Dom der Vögel* sind ohne Frage eine Reise wert. Es lohnt sich immer, seinen Träumen nachzugehen. Doch ich habe einiges gesehen in meinem Leben und deswegen gebe ich euch diesen Rat, von dem ich hoffe, dass ihr ihn annehmt: Verbringt nicht eure Zeit mit der Suche nach der anderen Seite. Das Leben ist dazu da, es hier unter euersgleichen zu leben."

Nach einer weiteren Pause sagte sie noch mit ungewöhnlich sanfter Stimme an:

„Fähnrich Ente mit Hummel wegtreten. Alle anderen fertig zum Start. Stygge und Roys ihr befehligt den Abflug."

Es dauerte einen Moment bis Kvakja bemerkte, dass sie soeben befördert worden war und einen militärischen Rang in der Gänseschar bekommen hatte.

Oberst Juvas startete durch und wie immer flog sie an der Spitze des Gänse-Vs. Alle anderen Vögel folgten auf Stygges Kommando in festgelegter Reihenfolge und nahmen ihren Platz ein. Als der Flock in der Luft war, flogen sie zum Abschied einen Kreis über Kvakja. Dann setzte die Oberstin Kurs in Richtung Meer. Da es leicht trüb war, verschluckte schnell der Horizont die Gänsetruppe.

Der Ente lag ein riesiger Stein auf der Brust. Sie war wieder allein mit Bromma. Unter ihr lag das Meer und um sie herum erstreckten sich weite, tiefe Wälder. Es war schon Nachmittag und keine Zeit zu verlieren. So schüttelte sie sich kurz und hob ab, um die Gegend aus der Luft auszukundschaften.

Wo Land befreit sich hebt und Eis gebar der Steine Strom

Von oben war kaum abzuschätzen, wie es unter den Baumkronen der dichten Wälder aussah, aber es war bergig, denn die Walddecke verlief nicht gleichmäßig! An einer Stelle öffnete sich das Dickicht zu einem kleinen Moor mit einem See darin. Daneben erstreckte sich ein Tal, das vollkommen von rundlichen Steinen übersät war.

Die Brocken waren glattgerieben und voller Flechten. Es sah aus, als wäre hier vor langer Zeit eine gewaltige Steinlawine zum Stillstand gekommen. Neugierig landete sie mitten in dem *Steinfeld*, um sich genauer umzusehen.

Weit und breit sang kein Vogel, quakte kein Frosch, auch sonst war nichts zu hören. Nur die großen Bäume am nahen Waldrand rauschten im Wind.

Kvakja watschelte gedankenverloren eine Weile über die Steine und vor sich hin. Sie fühlte sich wie in Hypnose, seit sie am Boden war. Ihre Gedanken waren weit weg. Alles, was sie tat, geschah automatisch, als würde es ihr jemand zuflüstern. Dabei trieb es sie in Richtung der Bäume an den Waldrand und zu dem Moor.

Bromma hatte sich in ihren Federn schon auf die Nacht vorbereitet und surrte etwas nervös vor sich hin.

Die kleine Hummel sorgte sich, weil sie wieder einmal allein im Wald waren. Doch sie traute sich nicht, Kvakja darauf anzusprechen, um ihr keine zusätzliche Angst einzujagen. So kroch sie in die Entenfedern entschlossen bei ihrer Freundin zu bleiben, egal was passierte.

Am Moor angekommen hielt die Ente an, um etwas zu trinken. Es wurde schummrig und die Dunkelheit wartete bereits hinter den Bäumen. Bodennebel zog aus dem warmen Sumpf nach oben und waberte durch die Luft. Einige Baumwurzeln am Rande des Moores waren seltsam geformt. Ungewöhnlich groß und knorrig wirkten sie wie Behausungen von Wesen einer anderen Welt. Während Kvakja die Gebilde betrachtete, kam aus der Ferne leise Musik. Erst waren es nur einzelne Töne, die langsam lauter wurden, dann setzten sie sich zu einer Strophe zusammen. Die Melodie war zart und schien den Charakter der Nebelschwaden zu beschreiben.

Verzückt starrte Kvakja in den dichter werdenden Nebel.

War es nicht so, als ob dort eine Gestalt tanzte? Plötzlich sah sie immer mehr entenartige Wesen tanzen. Sie waren hell wie der Schnee und sehr zart. Kvakja beobachtete den Reigen und bewunderte die Schönheit der fast durchsichtigen Elfenwesen. Schließlich löste sich eine davon aus der Gruppe und tanzte auf den Vogel zu.

100

„Guten Abend, kleine Ente" flüsterte sie sanft. Die melodische Stimme sprach jedoch nicht laut, sondern war nur in ihrem Kopf.

„Du solltest nicht alleine hier sein. So viele Feinde birgt der Wald!"

Kvakja erzählte, dass sie von weit her gekommen war, um den *Dom der Vögel* zu sehen. Das zarte Wesen stellte sich als Entenelfe vor, die ihr erklärte, dass sie vor allem in den kühler werdenden Mondnächten tanzten, wenn der Nebel aus dem warmen Boden sie verbarg. Und dass nur wenige die Elfen sehen und hören, denn die meisten bemerken nur den weißen Dunst.

„Nun, kleine Kvakja, ich kenne deinen Wunsch, und du bist an dem Ort, den du suchst. Der Eingang zum *Dom der Vögel* ist dort hinten bei den Steinen. Wenn du bis zur Mitte der Nacht wartest, wirst du die Vogelscharen sehen, die die weiße Eule zu sich ruft. Sie folgen ihrem Ruf in den *Dom*. Doch das ist kein Ort für Lebende! Niemand kommt dort wieder heraus."

„Ich bin so weit geflogen, und jetzt, wo ich ihn endlich gefunden habe, muss ich auch hinein. Es ist wichtig!" Kvakjas Stimme klang belegt.

Die Elfe schüttelte mitfühlend den Kopf und sah besorgt aus.

„Ich rate es dir nicht, kleine Ente. Doch es sei, wie du wünschst. Geh zurück zu den dichten Bäumen. Dort wirst du drei große Felsbrocken sehen, von denen folgende immer höher ist, als der vorherige. Bist du über den dritten Stein geklettert, findest du dahinter den Eingang zu einer Schlucht. Darüber hängt ein Felsblock, der die Sicht hinein versperrt. Warte davor und sei leise. In der Mitte der

Nacht fliegt ein großer Vogelschwarm dorthin und wartet vor einem Tor, das sich nun zeigt. Dann durchbricht ein Mondstrahl das Dunkel und eine weiße Eule gleitet auf ihm herab. Sie ist die Hüterin des Doms und lässt die Vögel ein. Viel Glück kleine Kvakja und nimm dich vor dem Vielfraß in Acht, das hier lebt."

Damit kehrte die Elfe zu den anderen zurück und tanzte weiter. Mit dem aufgehenden Mond verzog sich der Nebel und die Entenelfen verschwanden. Sie wurden immer durchsichtiger und lösten sich dann scheinbar auf.[8]

Kvakja trottete zu den großen Bäumen, wo der Wald wieder dicht wuchs. Von dort sah sie den ersten Felsbrocken, von dem die Elfe gesprochen hatte. Er war hoch und undurchlässiges Wurzelwerk umgab ihn. Sie wäre ohne den Rat der Entenelfe nie auf den Gedanken gekommen darüber zu klettern und dahinter den *Dom* zu suchen. Aufgeregt und voller Vorfreude erklomm sie den ersten Stein.

Oben angekommen war kaum Platz, denn dichte Äste hingen von den nahen Bäumen herunter. Doch immerhin sah sie von dort den zweiten Felsen. Kvakja hätte einfach hinüberfliegen können, aber in der Dunkelheit sah sie nichts und fürchtete, sich an einem Ast zu stoßen. Also kletterte sie erst hinunter und dann wieder hinauf. Der zweite Fels war glatter und höher und die Ente nahm vorsich-

---

[8] In Wirklichkeit ist das Auflösen eine Sinnestäuschung, mit der die Elfen sich schützen. Elfensiedlungen sind geheim, da sie ohne ihren Nebel auf der Entenwelt schutzlos sind.

tig ihre Flügel zu Hilfe, um hinaufzukommen. Es war mühselig und Kvakja rutschte immer wieder ab. Schließlich hatte sie es geschafft und sah von oben auch den dritten Felsen. Er war riesig und darum herum bildeten die Bäume ein undurchdringliches Geflecht aus Wurzeln, Sträuchern und Dornen. Auf der Oberseite des Brockens wuchsen sogar ein paar kleine Birken, so groß war er.

Kvakja flatterte vorsichtig von dem zweiten Stein herunter und legte unten erst einmal eine kurze Pause ein. Obwohl es stockdunkel war, hatte sie keine Angst. Ihre Aufregung war stärker als alles andere.

Sie dachte über ihre weite Reise nach und dass sie sich auf jeden Fall gelohnt hatte. Denn sie hatte so viel gelernt, unglaubliches erlebt und neue Freunde gefunden. Das alles war mehr, als sie am Anfang ihrer Reise erwartete. Sie wusste jetzt auch, dass ihre Nachtangst verschwand, wenn sie starke Gefährten um sich hatte, wie Gustav oder die Gänse.

Und dass die meisten Tiere vor etwas Angst hatten und damit lebten.

Während sie so vor sich hin sinnierte, stupste sie jemand am Schulterflügel. Sie erschrak, denn sie hatte niemanden kommen hören. Ein paar schwarze Augen starrten sie funkelnd an, umrahmt von einem pelzigen, bärenartigem Gesicht. Langsam erkannte sie den Umriss eines großen, braunen Pelztieres mit einem freundlichen Blick.

Mit knarrender Stimme fragte es die Ente, was sie denn in diesem Wald so alleine vorhatte. Falls sie übrigens zum *Dom der Vögel* wolle, habe sie noch Zeit.

104

Dabei funkelten die Augen des Wesens eigentümlich. Es sei früh am Abend und gerne könne sie doch eine Tasse Tee bei ihr trinken und sich etwas ausruhen.

Sie sei die Dame Vassa und lebe hier einsam. Über Gesellschaft freue sie sich immer sehr.

Der Gedanke an einen Tee wirkte auf einmal so heimelig, dass Kvakja nicht weiter nachdachte und der Pelztierdame mit einem Nicken folgte.

Direkt neben dem zweiten Stein lichtete sich das Gebüsch, und ein kleiner Pfad wurde sichtbar, wenn man genau davor stand.

„Es ist nicht weit. Nur einen Stock tiefer, dort ist meine gemütliche Küche, geh nur zu" schnarrte Vassa beruhigend und stupste Kvakja mit ihrer weichen, kalten Nase abwärts.

Die Ente hörte etwas im Gebüsch rascheln, aber sie konnte nichts sehen. Dann fiel sie ein Stück und landete mitten in einer gemütlichen Stube, neben zwei großen Ohrensesseln. Strickzeug lag in einem Korb daneben und auf einem kleinen Tisch standen zwei Tassen mit dampfendem Tee.

„Ich habe dich kommen hören und schon alles vorbereitet" erklärte das Pelztier, das der Ente auf vier Beinen in die Höhle gefolgt war, freundlich. Dabei setzte sie sich in einen der Sessel.

„Probier den Tee, er wird dir guttun." Kvakja sank in den anderen Lehnstuhl und nippte an dem Tee. Sie merkte, dass sie recht müde war, und in der Stube war es so angenehm warm.

Jetzt ein kleines Schläfchen wäre schön, dachte sie. In ihrem Kopf drehte sich alles.

Das ist eine Höhle, schoss ihr plötzlich durch den Kopf. Dann sah sie das besorgte Gesicht ihrer Mutter vor sich.

Klettere nie in eine Höhle, sagte die vorwurfsvoll in ihrer Erinnerung. Doch Vassa war so freundlich und so nett, der Gedanke an ihre Mama entglitt ihr wieder. Sie war jetzt so müde, dass sie sich kaum bewegen konnte. Das Pelztier lächelte sie breit an. Dabei entblößte sie einen spitzen Zahn.

So spitz ... dachte Kvakja, der nun schwindlig war. Sieht aus wie bei einem … wieder verlor sie den Faden. Von der Ferne quakte ein Entenvogel, er klang verletzt.

„Du entschuldigst mich kurz?" Die bärchenartige Vassa lächelte Kvakja süßlich an.

„Dort draußen braucht vermutlich jemand Hilfe." Kvakja wurde es schwarz vor Augen. Sie glitt vom bequemen Sessel.

Ihr Kopf explodierte und es war heiß wie in einem Ofen. Kvakja bewegte sich wimmernd, dabei wurde ihr schlecht und alles drehte sich. Nach einer Weile schaffte sie es, sich umzusehen. Sie lag in einem Busch am Rand einer Wiese, vielleicht der Elfenwiese. Wie war sie hier hergekommen?

Eine Erpelstimme riss sie aus den Gedanken.

„Na, wie ist es? Endlich wach? Du hast wirklich tief geschlafen. Würde mich interessieren, was das Vielfraß dir gegeben hat? Deine Hummel ist übrigens schon beim Frühstück und du isst besser auch etwas. Hier sind ein paar Beeren."

Ein prächtiger, grüner Erpelkopf beugte sich über sie. Sie lag ausgestreckt auf dem Rücken, Flügel und Beine von sich gestreckt. Der Erpel reichte ihr eine Beere. Kvakja zwang sich, sie herunter zu schlucken. Sie schmeckte so bitter, dass es ihr den Schnabel zusammenzog, doch kurz darauf fühlte sie sich mit einem Schlag besser. Ihre Lebensgeister kehrten zurück.

„Was ist passiert und wer bist du?"

„Ich bin Måns[9] und lebe hier. Ein Kranich hat mich als Küken wohl irgendwo aufgeschnappt und hier fallen lassen. Dann haben mich die Elfen gefunden und aufgezogen. An meine Familie erinnere ich mich leider nicht mehr" der Erpel sah traurig aus.

„Das Vielfraß, das dich gestern in seinen Bau gebracht hat, kenne ich schon lange. Sie macht immer das Gleiche. Spricht erschöpfte Tiere an und lullt sie ein, dann bringt sie sie in ihren Bau und serviert ihnen Tee. Die meisten kommen dort nicht mehr heraus … ."

Kvakja schauderte bei dem Gedanken an den Tee, den ihr Vassa serviert hatte. Das niedliche Pelztier war also das Vielfraß, vor dem die Elfen sie gewarnt hatten. Sie erinnerte sich, dass ihre Mama ihr beigebracht hatte, Enten hätten

---

[9] Måns ist die Kurzform von Magnus.

unter der Erde nichts verloren. Und dass alle Wesen mit Pelz gefährlich seien. Tiere wie Vassa gab es in dem beschaulichen Flusstal, in dem sie aufgewachsen war nicht. Trotzdem, nach den Warnungen der Elfen, lag es auf der Hand, dass die niedliche Vassa ein Raubtier war. Durch den Schreck merkte sie, dass sie einen Bärenhunger hatte.

Måns zeigte ihr, wo die Beeren wuchsen, die ihr so gut geholfen hatten. Er war ein hübscher Erpel, grün und prächtig mit orangen Watschelfüßen und niedlichen schwarzen Federlöckchen auf seinem Stietz.[10]

„Was ist dann passiert," fragte Kvakja mampfend.

„Ich kann mich nur noch an ein lautes Quaken erinnern. Sind dort mehr Enten in Gefangenschaft?"

„Nein, das war ich, besser gesagt mein Ablenkungsmanöver, um dich zu retten. Eigentlich habe ich auf dem dritten Stein vor dem Durchgang zum Dom auf dich gewartet. Die Elfen haben mir erzählt, dass eine Ente angereist ist und zum *Dom* will. Sie haben mich gebeten, aufzupassen. Weil ich den Weg durch die Zweige kenne, bin ich geflogen und war vor dir dort. Doch dann kam plötzlich Vassa aus ihrem Bau."

Måns sah sie ernst an. Er unterbrach seine Erzählung, um ebenfalls tüchtig bei den Beeren zuzuschlagen. Nach einer Weile geschäftigen Futterns fuhr er fort.

---

[10] So nennen Enten ihren Hintern.

„Ja und dann hörte ich euch sprechen, konnte dich aber nicht sehen. Das ist die gesuchte Ente, dachte ich mir. Es war klar, was das Vielfraß vorhatte, also besorgte ich mir schnell etwas Blut von einer toten Maus, die ich vorher zufällig gesehen hatte. Damit und einigen meiner Federn, legte ich eine falsche Spur. Schließlich versteckte ich mich in einer anderen Richtung und fing an, zu schreien, um die Aufmerksamkeit des Raubtiers zu erregen. Während Vassa suchte, eilte ich zu ihrem Bau und zog dich dort heraus. Dann verteilte ich überall rosa blühende, stinkende Pflanzen[11], die mir die Elfen einmal gezeigt hatten, um Vassas Nase zu täuschen. Trotzdem war ich bereit, notfalls auch zu kämpfen, wenn die Zeit knapp würde. Doch wir haben es geschafft, bevor sie zurückkam."

Måns grinste über das ganze Gesicht.

„Schließlich schleppte ich dich zu dem Busch hier bei den Elfen und sie legten einen Schutzzauber darum, damit du in Sicherheit ausschlafen konntest. Dass du so lange bewusstlos warst, hast du dem Tee zu verdanken. Niemand weiß, was darin ist…"

„Dann hast du mir das Leben gerettet?"

„Ach, das hättest du sicher genauso getan" antwortete Måns verlegen.

„Danke" sagte Kvakja mit großen, feuchten Augen und gab ihm einen Schmatz auf die Wange. Måns senkte leicht verschämt den Schnabel.

---

[11] Baldrian wird bei Elfen gerne gegen Bedrohungen verwendet. Da er stark riecht, kann er von Spuren ablenken.

„Bist du satt?" Bromma kam zurückgesurrt und war froh ihre Ente wohlbehalten wieder zu haben.

„Der Erpel hat mir gezeigt, wo ich die besten Blumen hier im Wald finde."

Die kleine Hummel erzählte, wie sie sich starr vor Schreck in Kvakjas Federn geklammert und fest die Augen geschlossen hatte.

Jetzt, nachdem alles wieder gut und sie satt war, setzte sie sich auf einen Zweig neben die Enten, um etwas zu schlafen.

Die beiden Vögel sonnten sich im Halbschatten und erzählten Geschichten aus ihrem Leben. Kvakja sprach über ihre Familie, den Nachtschreck und ihre lange Reise. Måns hörte staunend zu und fragte immer wieder nach.

Dann erzählte er aus seinem Leben, wie er dachte, er sei der einzige Entenvogel in einer Welt aus Elfen. Und wie alleine er sich oft gefühlt hatte. Bis die zarten Wesen ihm erklärten, dass sie sich seiner als Küken angenommen hatten und es noch viele Enten gäbe, nur eben nicht im Wald. Bevor Kvakja herkam, plante er, in die Welt hinaus zu ziehen, um Artgenossen zu treffen. Doch er kam damit nicht voran. Das Waldleben bei den Elfen gefiel ihm und er hatte es gut. Da war es schwer, sich einen Ruck zu geben und wegzugehen.

„Der Zeitpunkt, ich habe immer auf den richtigen Zeitpunkt gewartet!"

Beide Enten sahen sich eine Weile an, ohne etwas zu sagen.

Dann fing der Erpel vom *Dom der Vögel* an. Måns wuchs unweit des Eingangs auf, er war vertraut mit den Besonderheiten. Sogar das Lied kannte er, denn die

Elfen hatten es ihm beigebracht. Jedoch wäre es ihm nie in den Sinn gekommen, mitten in der Nacht hinzugehen um zu sehen was passiert.

„Es ist wie bei einem Ort, an dem es spukt" grinste Måns.

„Niemand der an einem Spukort lebt, geht zur Geisterstunde hin, um sich das Spektakel aus der Nähe anzusehen" spottete er.

„Das fällt nur den Touristen ein."

„Kommen viele Touristen, um den *Dom* zu sehen?"

„Nein, das war ein Witz. Du bist tatsächlich die Erste, die ich kenne. Und die anderen Vögel, die hierherkommen habe ich auch noch nie gesehen, denn ich schlafe um die Zeit. Nur manchmal höre ich im Halbschlaf, wie die Luft vor Flügelschlägen rauscht. Sie kommen aus der ganzen Welt und sind auf ihrer letzten Reise. Ich denke, sie verdienen es auch, diesen Weg ungestört zu fliegen!"

Der Erpel sah sie direkt an. Sein Gesicht wirkte nicht unfreundlich, eher ein wenig besorgt.

Kvakja erklärte ihm, dass sie nach ihrer langen Reise nichts mehr davon abhielt, ihr Glück noch einmal zu versuchen.

„Ja, deine Angst," setzte der Erpel vorsichtig an. „Dafür bist du sehr weit gereist."

Nach einer kurzen Denkpause und kramte er in seiner Federtasche herum. Dann holte er mit einer Flügelhand einen kleinen Gegenstand heraus und zeigte ihn Kvakja.

114

„Ich habe von den Entenelfen ein Taschenmesser bekommen, das ich immer bei mir trage. Sie sagen, das Eisen in der Klinge hält die Mara von mir fern. Vermutlich habe ich deswegen keine Alpträume oder Angst in der Nacht. Probier es einmal aus!"

Die Ente betrachtete das kleine Messer eine Weile, dann gab sie es dem Erpel zurück.

„Du musst es behalten, es ist ein Geschenk der Elfen! Aber wer ist die Mara?"

„Wenn wir zusammen sind, schützt es uns beide" nickte der Erpel und steckte es wieder ein.

Dann erzählte er, dass die Mara der Legende nach ein böses Nachtwesen sei, das sich bei Schlafenden auf die Brust setzt, so dass sie sich nicht bewegen können, Alpträume haben und keine Luft bekommen. Sie liebt es, Angst und Schrecken zu verbreiten, und lebt von der Furcht ihrer Opfer. Gefährlich ist sie nicht, aber sie kann einen in den Wahnsinn treiben. Doch Eisen vertreibt das Nachtwesen schnell und sie sucht sich ein anderes Ziel, wenn sie einen Metallgegenstand bemerkt.

„Ich werde dich begleiten heute Nacht!" Damit beendete der Erpel abrupt die Erzählungen und rollte seinen Kopf für ein kleines Nickerchen ein.

Kvakja dachte noch ein bisschen über die Mara nach. Ist sie die dunkle Macht, die mich verfolgt? Und hilft so ein Messer oder ein Stück Metall tatsächlich? Und wären Måns und ich uns zu Hause begegnet, hätte ich dann den *Dom der Vögel* gesucht? Doch jetzt, nach dieser langen Reise will ich auch hinein.

Insgeheim freute sie sich, dass der Erpel mitkam. Sie war schon so lange alleine mit der Hummel unterwegs. Außerdem hatte sie das Gefühl, sie würde Måns ewig kennen. Er war ein ruhiger, vernünftiger Erpel mit einer angenehmen Stimme. Mit diesen Gedanken drehte auch Kvakja schließlich ihren Kopf auf die Seite und schlief noch ein Ründchen.

Der Abend kam schnell. Die beiden Vögel hatten beschlossen, dass Måns nach dem Besuch im *Dom* mit Kvakja zurückfliegen sollte, um ihre Familie kennenzulernen. So würde er endlich die Welt der Enten kennenlernen. Der Erpel sorgte sich um Bromma und fragte, ob sie wirklich auf den abendlichen Ausflug mitkommen wolle. Vielleicht sei sie in einer Blume besser aufgehoben. Doch die Hummel hatte nicht vor, alleine mitten im Wald in einer Blüte zu sitzen, und ließ da auch nicht mit sich reden. Stattdessen kroch sie tief in das Gefieder von Kvakja und legte sich dort zur Ruhe.

In der Dämmerung kamen die Elfen in ihrem Nebel heraus, um die beiden Enten zu begrüßen. Die Vögel waren beschwingt und tanzten mit den zarten Wesen mit. Da Entenelfen alles wissen, muss man ihnen nichts erzählen, es reicht, gemeinsam zu tanzen.

Als es Zeit wurde aufzubrechen, verabschiedete sich Måns von den Elfen und dankte ihnen herzlich für alles.

117

Er hatte beschlossen, bei Kvakja zu bleiben, und sie nicht nur zum *Dom*, sondern bis nach Hause zu begleiten. Die Entenelfen lächelten ihn liebevoll an, kamen zu ihm und umarmten ihn. Sie küssten ihn auf die Stirn, dann tanzten sie einen Abschiedstanz für ihren Ziehsohn.

Lange schon hatten sie überlegt, wie sie den kleinen Erpel endlich unter seinesgleichen bringen konnten. Doch die Enten, die nachts an diesen Ort kamen, waren natürlich nicht die Richtigen. So waren die Elfen froh, als Kvakja am Vorabend vorbei kam, und hatten Måns gleich hinterhergeschickt.

Im Abschiedsreigen winkten sie den beiden Enten ein letztes Mal zu, bevor sie mit dem Nebel verschwanden.

Suchet nicht den Ort

Dieses Mal flogen die Enten zum Eingang der Schlucht. Måns kannte die Flugstrecke gut und so war es ganz leicht, den dritten Stein zu erreichen. Oben angekommen war kaum der Flügel vor Augen zu sehen, so dunkel war es. Nur schemenhaft erkannten die Enten das Tor zu der Schlucht vor ihnen. Eigentlich war es mehr ein Spalt im Fels, in dessen Mitte ein riesiger Steinbrocken einge-klemmt schwebte und die Sicht nach innen vollkommen versperrte.

Ob das an den dichten Zweigen liegt, die alles Licht verschlucken oder an einem Zauber, dass es hier gar so dunkel ist? Kvakja war freudig gespannt, was sie erwarten würde.

Måns dagegen saß nun zum ersten Mal in seinem Leben abends vor dem Ein-gang des *Doms*, in dessen Nähe er aufgewachsen war. Er hatte etwas gemischte Gefühle und es kam ihm nicht ganz richtig vor, zu dieser Stunde hier zu sitzen. Doch er konnte Kvakja nicht alleine lassen, das verbot ihm die Erpelehre.

Keiner der beiden Vögel hatte eine Vorstellung, was passieren würde, wenn die weiße Eule kam. Dicht aneinandergedrängt unterhielten sie sich anfangs leise, doch das fühlte sich falsch an. So schwiegen sie bald andächtig und warteten geduldig ab.

Es muss schon sehr spät sein, dachte Kvakja nach einer Ewigkeit.

Während sie in den Halbschlaf glitt, durchbrach ein einzelner Mondstrahl die Finsternis. Måns und Kvakja waren mit einem Schlag wieder hellwach und hielten den Atem an.

Sein Licht war silbrigweiß und leuchtete pulsierend. Und wirklich, da war sie! Eine weiße Eule glitt auf dem Strahl herab bis zum Eingang der Schlucht, der nun im Mondlicht sichtbar war. Der große Raubvogel schwebte direkt vor dem Stein und wurde von dem Licht angestrahlt, wie ein Sänger auf einer Bühne. Dann sah es aus, als öffne sich eine Tür in der Schwärze hinter dem Uhu. Durch den Eingang drang golden strahlendes Licht in die Nacht hinaus.

Einen Moment war es still. Eine Stille, wie Kvakja sie nie zuvor erlebt hatte, nicht ein einziges Geräusch war zu hören.

Dann brauste aus der Ferne ein Flattern heran. Es klang wie ein riesiger Fledermausschwarm, der schnell näherkam. Die beiden Enten drehten sich um. Hinter ihnen war die Nacht mit einem Mal voller Vögel aller Art, die auf den Eingang zuflogen. Die dichten Bäume schienen verschwunden zu sein, denn überall flogen große und kleine Federtiere. Es waren Enten und Reiher, Spatzen und Raben, Austernfischer und Falken unter ihnen. Flügelschlagend standen sie alle wie Kolibris in der Luft.

Wer genauer hinsah, bemerkte, dass sie eine Reihe bildeten, als ob sie anstanden. Einer nach dem anderen wurde von der weißen Eule begrüßt, eingelassen und verschwand im strahlenden Licht.

Den beiden Enten stand der Schnabel weit offen. Es war ein Wunder, dass sich da vor ihren Augen abspielte. Der Strom an Vögeln ließ über lange Zeit kaum nach, doch schließlich harrten nur noch einige wenige vor der Eule aus. Als die beiden Enten sahen, wie der letzte Vogel eingelassen wurde, erhoben sie sich nacheinander und flogen auf die weiße Hüterin zu. Kvakja fand, die Luft dicker als sonst, es war ganz einfach, auf der Stelle zu fliegen. So schwere Vögel wie Enten können so etwas normalerweise nicht.

Die gesamte Vogelschar war inzwischen in das goldenen Licht verschwunden und es war wieder still. Die beiden Enten flatterten nun alleine vor der weißen Eule.

„Halt!" Das prächtige Tier kreuzte seine Flügel vor der Brust und blockierte ihnen so den Weiterflug. Mit strengem Blick sah sie die Zwei an.

„Ihr seid noch nicht dran und dürftet nicht hier sein. Der Eintritt bleibt euch verwehrt."

Kvakja nahm allen Mut zusammen.

122

„Ich bin einen weiten Weg hergeflogen um den *Dom* zu sehen und die Lieder der Vögel darin zu hören, weil ich mich nachts oft so sehr fürchte. Es heißt, hier gibt es keine Angst."

„Das ist richtig, kleine Ente Kvakja," antwortete die Eule, nun mit sanfterer Stimme.

„Ich kenne dich, denn hier bei mir ist alles Wissen dieser Welt. Die Angst gehört zum Leben, wie der Gesang und die Freiheit in den *Dom*. Es ist kein irdischer Ort, den ich hüte, und lebende Vögel dürfen ihn nicht besuchen. Eines Tages werdet ihr wiederkommen, doch vorher habt ihr in der Vogelwelt noch viel vor. Du wirst lernen, mit deiner Angst zu leben." [12]

Dann sah sie der kleinen Kvakja und dem dahinter fliegenden Måns tief in die Augen. Das Rechte sah direkt in Kvakjas Herz und das Linke in das von Måns. Die Pupillen des weißen Vogels fingen an, sich zu drehen, und die Eule wie auch der Eingang verschwanden.

Dann waren die beiden Enten mit einem Mal in der tiefen Schlucht. Sie war dunkel, doch über ihnen auf den Felsen wuchsen riesige Bäumen. Und es war hell, nein, besser gesagt, es leuchtete. Zartgelb, wie im Frühling strahlte das Licht

---

[12] Die weiße Eule ist weder gut noch böse, sie ist die Hüterin der Schwelle zwischen der Vogelwelt und der Welt, die danach kommt. Durch sie wird die Ordnung eingehalten, damit jeder Vogel an seinem Platz ist. Außerdem bewahrt sie großes Wissen, das sie offenbaren kann, wenn sie es für richtig hält.

von überall her, nur durchdringender, und verströmte dabei Wärme und Glück. Doch das Schönste war der Gesang, der von oben herab klang.

Die Enten flogen hinauf an den Rand der Schlucht und sahen sich um. Alle Zweige waren voll mit Vögeln, die aus tiefstem Herzen sangen. Ihre Stimmen sammelten sich zu einem unbeschreiblichen Konzert. Die Bäume, auf denen sie saßen, wuchsen nach oben hin licht zusammen. Doch ihre Wipfel verloren sich im Blick. Wie der Horizont und Meer in der Ferne nicht zu unterscheiden sind, so ragten die Baumspitzen ins Unendliche. Von allen Seiten schien das goldene Licht und die Luft vibrierte von Freude. Kvakja drehte ihren Kopf mit aufgerissenem Schnabel und sah in die Augen des neben ihr fliegenden Måns.

Als ihre Blicke sich trafen, wurde alles um sie herum schwarz.

Beide Enten erwachten am nächsten Morgen ausgeruht auf der Wiese der Elfen. Sie waren etwas ratlos, wie sie dort hingekommen waren. Vielleicht waren sie eingeschlafen und hatten alles nur geträumt?

Doch dann hätten sie den gleichen Traum gehabt, denn beide erinnerten sich an die Vogelschwärme, die Hüterin des *Doms*, das goldene Licht und den zauberhaften Gesang.

Das Glücksgefühl, vom Vorabend ließ Kvakja nicht los. Sie wollte nichts quaken und Måns ging es wohl genauso. Andächtig schweigend frühstückten die Vögel etwas von den Beeren.

Bromma hatte in ihrem tiefen Hummelschlaf alles verpasst. Auf einer Blume sitzend, ganz gelb vor Pollen fragte sie die futternden Enten, wie es denn im *Dom* war. Die beiden sahen erst sich und dann das Insekt sprachlos an.

„Äh, ja" sagte Måns nach einiger Zeit.

„Wahnsinn" antwortete Kvakja.

Die kluge Hummel verstand, dass sie von den zwei Enten nicht mehr hören würde, und flog noch ein paar Waldblumen an.

Nach dem Essen genossen die beiden die Morgensonne auf der noch taufeuchten Wiese. Kvakja träumte mit halbgeschlossenen Augen vor sich hin, dachte an das goldene Licht und den zauberhaften Gesang. Und an die große Gnade, die die Weiße ihnen erwiesen hatte.

„Sie hat…" fing Måns an.

„Ja, das hat sie" vollendete Kvakja den Satz und schwieg dann wieder. Gefühlte Ewigkeiten später quakte sie doch noch einmal weiter.

„Sie hat uns einen Blick gestattet…. Ich würde mich gerne bei ihr bedanken."

„Das kannst du später nachholen" grinste Måns frech. Er hatte seinen alten Humor wieder.

„Willst du immer noch mitkommen, zu meiner Familie?"

Kvakja fürchtete, der Besuch im *Dom* könnte etwas verändert haben. Vielleicht hatte der Erpel jetzt andere Pläne? Sie wollte auf keinen Fall mehr von ihm getrennt sein.

„Ich habe von ein paar Gänsen gehört, die herumfliegen und Waisen einsammeln. Vielleicht nehmen die mich mit?"

Måns pickte sie neckend mit dem Schnabel in die Seite.

„Natürlich komme ich mit, das haben wir so ausgemacht! Ich habe mich von den Elfen doch schon verabschiedet."

Er strich ihr mit dem Flügel über die Wange.

„Daran ändert auch der *Dom* und was wir dort gesehen haben nichts."

Was war das für ein fröhliches Hallo, als die Enten am Nachmittag auf die Gänse trafen. Sie wurden sofort zu Oberst Juvas gebracht, die sich sehr freute, Måns kennenzulernen. Dann bat sie die Vögel, alles haarklein zu erzählen, was in der Zwischenzeit passiert war.

Die Geschichte mit Vassa fand die Obergans besonders schrecklich.

„Ich habe schon lange vermutet, dass Pelztiere betäubende Mittel verwenden. Nun besteht daran kein Zweifel mehr," kommentierte sie die Ereignisse.

Über das wunderbare Erlebnis im *Dom* zu erzählen fiel den Enten jedoch sehr schwer. Wo immer sie anfingen, fehlten ihnen die Worte. Und sie hatten das Gefühl, dass diese Erinnerung ein kostbarer Schatz war, den sie hüten wollten. Darüber zu sprechen war, als ob man den Zauber nehme und das Leuchten verkleinerte. So sprachen sie auch später selten über das Erlebnis, nicht miteinander und nicht mit anderen. Es lag jenseits aller Geschichten.

Die kluge Gans verstand die Zwei ohne viele Worte.

127

„Ihr müsst nichts weiter sagen" unterbrach sie die stotternden Enten schließlich.

„Ich werde euch stattdessen meine Geschichte erzählen."

Sie hatte eigene Erinnerungen, in denen die weiße Eule eine Rolle spielte. So erzählte sie den beiden von einem Erlebnis, das sie selbst hütete, wie einen Schatz.

Als sie an der Brust verwundet wurde, stand es schlecht um sie. Oberst Juvas war damals bereit, die Vogelwelt zu verlassen, die Ärzte hatten sie aufgegeben. Als sie nachts im Militärkrankenhaus auf den Tod wartete, füllte sich das Krankenzimmer mit einem Mal mit goldenem Licht. Eine weiße Eule schwebte herein und sah sie lange durchdringend an. Dann verriet sie ihr mit einer warmen, dunklen Stimme, dass sie in ihrem Leben noch eine wichtige Aufgabe zu erfüllen habe und wieder gesund werden müsse.

Es warteten verwaiste und verletzte Junggänse überall im Land auf sie, um die müsse sie sich kümmern!

Einer der leuchtenden Strahlen schien direkt auf ihr Herz. Die weiße Eule löste sich in flüssiges Gold auf und Oberst Juvas schlief ein. Am nächsten Morgen ging es ihr viel besser. Sämtliche Feldärzte sprachen von einem Wunder, und bald war die Gans wieder gesund. Sie verließ die Armee und gründete die Gänsetruppe für verwaiste und verlassene Vögel.

„Das ist meine Geschichte über die weiße Eule. Und wenn ich sie eines Tages wiedersehe, wird es gut sein. Ich verstehe, aus euren Worten, dass sie euch etwas Besonderes gegeben hat. Es ist ein großes Geschenk, hütet die Erinnerung daran."

Kvakja und Måns neigten den Kopf vor Oberst Juvas.

„Geht zu den anderen, ich glaube, Jukka will euch jemanden vorstellen. Wir brechen in ein paar Minuten auf zur Südküste. Von dort könnt ihr einfach über eine schmale Meerenge in euer Heimatland zurückfliegen, Fähnrich Kvakja."

Damit entließ die Oberstin die beiden Enten formlos.

Wohin ihr zieht und bleibt

Als die erste Aufregung vorbei war, befehligten Stygge und Roys den Abflug auf eine nahe Insel, auf der es ein sicheres Nachtlager gab.

Die kurze Strecke war ideal um Måns an das Fliegen in V-Formation zu gewöhnen. Wie Kvakja es erwartete, konnte er es auf Anhieb. Die Ente war stolz, so einen begabten und vernünftigen Erpel als Freund zu haben. Ganz anders als ihre Brüder, die alten Angeber.

Sie landeten auf einer saftigen Wiese direkt am Meer. Weitläufig und ohne Sträucher, unter denen Raubtiere sich unbemerkt anschleichen konnten. Kvakja bewunderte wieder einmal die Klugheit der Gänse. Es fiel ihnen so leicht, sichere Schlafplätze zu finden.

Jukka hatte sich mittlerweile mit einer kleinen Gans angefreundet, die Oberst Juvas Einsatzkommando ein Stück ostwärts auf den Inseln im Meer eingesammelt hatte, während Kvakja im *Dom der Vögel* war. Sie hatte sich am Flügel verletzt und ihre Familie hatte sie deswegen zurückgelassen. Doch die Verletzung war schnell verheilt, und nun war sie Teil der Gänseschar.

Die Nacht war sternenklar und die vier unterhielten sich vergnügt so lange, bis allen beim Reden die Augen zufielen.

Am nächsten Morgen nahm der Flock Kurs in Richtung Süden zur Landesgrenze. Von dort war es nur eine kurze Flugstrecke über einen Sund[13] in Kvakjas Heimatland. So vermieden sie die gefährliche und lange Meeretappe, die sie auf dem Hinweg mit den Ejdern geflogen war.

Auch wenn die Gänsetruppe sie als Mitglied aufgenommen hatten, waren sich die Enten einig: Zuerst mussten sie zu Kvakjas Familie, denn ihre Mutter sorgte sich sicher sehr.

Das fröhliche Gänse-Enten-Quartett mit Hummel verbrachte die Abende bis zur Südküste gemeinsam. Sie wurden gute Freunde und versprachen, sich gegenseitig bald zu besuchen.

Schnell vergingen Tage mit den Gänsen, die die Vögel wegführten, von der hohen Küste am Ende der Welt und so landeten sie eines Mittags am Sund. Während Bromma sich über die Blumen hermachte, hieß es wieder Abschied nehmen.

Kvakja und Måns watschelten ein letztes Mal zu Oberst Juvas, bedankten sich für den Geleitschutz und versprachen bald zu Besuch zu kommen. Sie waren traurig, dass sie die Gänse nun verlassen mussten.

„Ihr beide seid bei uns in der Truppe immer willkommen! Ich ernenne euch zu Ehrenmitgliedern im Reservestatus!" Dabei nickte die Oberstin wohlwollend.

---

[13] Ein Sund ist eine Meerenge oder eine enge Meeresstraße. Er kann zwei Länder oder ein Land und eine Insel trennen.

Die Tränen kullerten wieder einmal über Kvakjas braune Entenwange, als die Gänse sich zum Abflug sammelten. Måns legte tröstend den Flügelarm um sie und hielt sie fest.

Mit einer Ehrenrunde über den Enten brach die Gänsetruppe auf, um in Richtung Westküste zu ziehen. Es war noch Saison für zurückgelassene Gänse und Oberst Juvas wollte keine Zeit verlieren.

Kvakja, Måns und Bromma flogen nach einer Stärkung über den Sund. Die Orientierung war dieses Mal einfach, denn sie sahen die ganze Zeit das Land auf der anderen Seite. Bereits am Abend hatten sie festen Boden unter den Schwingen.

Und weiter flogen sie, zurück an den großen Fluss, dem sie stromaufwärts folgten. Schon bald waren sie bei Gustav und den Entenmüttern.

Zur Feier des Tages richtete der Hund ein Fest im Gartenhaus aus. Bis tief hinein in die Nacht erzählten sie sich Geschichten und feierten Wiedersehen. Nur wie es im *Dom der Vögel* aussah, sparten die Enten bei ihren Abenteuern aus. Sie beschrieben den Vogelschwarm, die weiße Eule und das goldene Licht. Und dass die Weiße sie nicht eingelassen hatte, weil lebende Vögel dort nicht hineindurften. Ganz falsch war das ja nicht.

Kvakja und Måns blieben ein paar Tage bei Gustav, um sich für die weitere Reise auszuruhen und vor allem, um gemeinsam Zeit zu verbringen.

Die anderen mochten den jungen Erpel sofort, genau wie die Gänse. Besonders die Küken hingen stundenlang an seinem Schnabel, wenn er ihnen von den Elfen erzählte. Keine der Entenmütter hatte je eines dieser Wesen gesehen und selbst Gustav, der sich in der Welt sonst bestens auskannte, hörte gebannt zu. An den gemütlichen Abenden kam sogar Bromma aus Kvakjas Federn und setzte sich neben die Kerzen auf den Tisch, um keines der Gespräche zu verschlafen.

Eines Abends, als alle anderen schon schliefen und nur Gustav und Kvakja noch auf der kleinen Terrasse vor dem Gartenhaus saßen und den Monde bewunderten, fragte der Hund, wie es der Ente denn nun mit ihrem Nachtschreck ging?

Kvakja überlegte lange, sie wusste es selbst nicht so genau.

„Das ist nicht so einfach zu beantworten" seufzte sie.

„Ich habe schon auf dem Weg zum *Dom* gemerkt, dass ich mich in Gesellschaft großer und starker Tiere nachts sicherer fühle. So wie bei dir, Gustav! Und solange ich wach bin, habe ich sowieso selten Angst." Sie schaute eine Weile schweigend in das weiße Mondlicht, bevor sie weiterquakte.

„Jetzt habe ich nicht nur Bromma, sondern auch Måns bei mir.

Wir schlafen nebeneinander und wenn ich unruhig bin, dann streicht er mir über den Kopf und tröstet mich. Wie es ohne ihn wäre weiß ich schon gar nicht mehr. Er meint, die Nachtangst kommt von der Mara, ein Nachtwesen, das andere gerne ärgert und erschreckt.

134

Deswegen hat er immer sein Taschenmesser in der Federtasche. Metall mit einer scharfen Kante hilft, sie abzuschrecken, das haben ihm die Elfen beigegebracht. So sucht sie sich schnell ein anderes Opfer.

Ich bin mir nicht sicher, ob es die Mara gibt. Der *Dom der Vögel* ist jedenfalls kein Ort, zu dem man einfach fliegt, um seine Angst loszuwerden. Erst wenn wir gerufen werden und die Welt verlassen, wartet er auf uns, das habe ich von der weißen Eule gelernt. Und dafür ist meine Zeit noch nicht gekommen. Dass die Angst zum Leben gehört, habe ich verstanden. Bromma und Måns helfen mir dabei, sie auszuhalten."

Gustav sah sie lange an. Schließlich antwortete er ihr mit sanfter Stimme.

„Du bist eine tapfere kleine Ente und ich bewundere deinen Mut. Ich weiß nicht, ob ich mich getraut hätte, allein zu so einem Ort zu laufen. Doch das ist auch egal, denn mein Platz ist hier. Und wenn ich den Vögeln helfe, sie aufziehe, oder gesund pflege, dann vertreibt das meine Angst und Zweifel. Dafür bin ich hier und diese Aufgabe gibt mir Ruhe und Sicherheit."

Auch er betrachtete den Mond eine Weile wortlos, bevor er noch einmal weitersprach.

„Bei uns Hunden gibt es ein Sprichwort: Die Angst gehört zum Leben wie die Freude und die Traurigkeit. Du kannst nichts üben oder lernen, um sie loszuwerden. Gib ihr ihren Platz und sie vergeht, wie sie kommt. Und wird es einmal schwer, sie auszuhalten, gibt es ein altes Hunderitual:

Renne mehrmals um einen Baum und kläffe dazu sieben Mal. "

Dann lachte Gustav verlegen und die beiden schwiegen nebeneinander. Das silbrige Mondlicht schien sanft auf die ungleichen Freunde. An diesem Abend gab es nichts mehr zu sagen.

Am folgenden Morgen war es Zeit, weiter zu fliegen. Die beiden Enten versprachen Gustav und die Entenmütter bald wieder zu besuchen. Dann sammelten sie Bromma von einer Gartenblume ein und brachen auf. Wie üblich drehten sie eine Runde über Gustavs Garten, der ihnen zum Abschied zubellte.

Weiter und weiter nach Süden flogen die beiden. Wie sie es Gustav beschrieben hatte, war es vor allem Måns, der Kvakja nachts Ruhe und Sicherheit gab. Vielleicht leistete auch die Klinge seines kleinen Taschenmessers einen Beitrag? Wer weiß schon, ob es die Mara gibt, wenn nicht die Elfen? Schließlich sind sie selbst Zauberwesen.

Måns war sehr gespannt, Kvakjas Familie kennenzulernen. Er hoffte, freundlich aufgenommen zu werden, denn die eigenen Eltern würde er wahrscheinlich nie finden.

Das Trio landete etliche Tage nach dem Aufbruch bei Gustav zur Mittagessenszeit auf dem kleinen Fluss im Heimattal der Ente und der Hummel. Auf dem Inselchen und am Ufer lagen die Wasservögel überall verteilt. Einige quakten im Gespräch, andere fraßen oder schliefen.

Es hat sich nichts verändert, dachte Kvakja verwundert.

Måns war begeistert, von dem lieblichen Tal. Aufgewachsen allein unter den stillen Elfen, in einem unheimlichen Wald, kam er nun in eine für ihn neue Welt. Überall quakte es, die Sonne schien und der Fluss plätscherte.

„Es muss herrlich sein, zwischen diesen sanften Hügeln und den offenen Wiesen groß zu werden" rief er überschwänglich.

Kvakja wiederum kam nun alles kleiner vor, als sie es in Erinnerung hatte.

Sie sah sich nach einem bekannten Gesicht um. Und tatsächlich, dort drüben auf der Insel saß ihre Mama und sah ins Wasser. Kvakja flog, gefolgt von Måns, sofort zu ihr hinüber. Als die Entendame aufsah und ihre Tochter erkannte, brach sie in Tränen aus.

„Ich dachte, du bist für immer fort" rief sie.

Kvakja legte, ebenfalls weinend, die Flügelarme um ihre Mama.

„Niemand hat dich gesehen, nachdem du weg bist. Nach ein paar Tagen habe ich deine Brüder ausgeschickt, aber auch die fanden keine Spur von dir."

Kvakja konnte vor Rührung gar nichts sagen und beide Enten umarmten sich weinend.

„Einen prächtigen Erpel hast du mitgebracht. Ist das dein Freund" fragte die Entenmutter, als sie sich etwas beruhigt hatte.

Beide Vögel wurden rot und sahen sich verlegen an. Måns nickte schließlich und trat vor, um sich vorzustellen.

„Das feiern wir mit einem großen Picknick" rief die Mama und trommelte laut quakend die ganze Familie zusammen.

Jeder bekam eine Aufgabe, doch erst, als aufgetischt war und alle um das Tischtuch herum saßen, durfte Kvakja ihre Geschichte erzählen.

Die Entenfamilie hörte gebannt und mit Staunen zu. Keiner sagte ein Wort oder quakte dazwischen, was sehr ungewöhnlich für die Tiere ist. Sie berichtete, wie sie das Lied vom *Dom der Vögel* hörte und losflog, um ihn zu suchen. Wie weit sie geflogen war und wie viele Freundschaften sie unterwegs schloss. Doch dann traf sie Måns, sein Taschenmesser und die Elfen in einem fernen Land und seitdem sei alles besser. Von den Elfen wisse sie auch, dass man in den Dom als lebender Vogel nicht hineinkönne. Deswegen seien beide Enten schließlich zurück in Kvakjas Heimat gereist.

Genaueres verriet sie nicht über den *Dom*, denn niemand sollte wegen ihrer Geschichten dorthin fliegen. Außerdem war sie der Meinung, dass keiner vor seiner Zeit mehr wissen möge, als für ihn bestimmt sei.

Kvakjas Brüder waren neidisch auf ihre Abenteuer. Doch sie hatten alle Entenfreundinnen aus dem Tal und die verbaten Reisen strengstens. Nur sonntags durften die Burschen manchmal gemeinsam zum Raften, wie sie es früher oft getan hatten. Ansonsten baute jeder von ihnen, unter gestrenger Aufsicht seiner Freundin, an einem Winterhaus[14].

---

[14] Enten leben im Winter in warmen und gemütlichen Häusern.

Fast hatte ihre Schwester Mitleid mit den einstigen Angebern, denn sie hatten ihr wildes Leben eingebüßt.

Am Abend gab es ein riesiges Fest mit allen Nachbarn, Freunden und Verwandten. Und Kvakja und Måns erzählten ihre Geschichte noch mehrere Male.

Später, beim Einschlafen nahm Måns Kvakjas Flügel.

„Lass uns hier auch ein kleines Haus bauen, für den Winter. Da haben es du, Bromma und ich warm und gemütlich. Mir gefällt es in deinem Tal und ich bin glücklich, endlich eine Familie zu haben. Im nächsten Sommer besuchen wir dann unsere Freunde, ja?"

„Ja, das klingt großartig! Wir fliegen zu Gustav und Oberst Juvas und vielleicht auch einmal zu den Lavendelfeldern in den Süden. Was meinst du, Bromma?"

Måns steckte zufrieden den Schnabel zwischen die Federn und Bromma kroch tiefer in Kvakjas Daunen.

Die kleine Ente war so glücklich, dass eine Freudenträne ihre Wange hinunter kullerte. Sie kuschelte sich an ihren Erpel und unter ihrem Flügel surrte die Hummel ein bisschen.

Ende

Das Lied vom Dom der Vögel

Ein Dom aus Licht und Bäumen hinter Wäldern tief
Wo goldner Schein durch immergrüne Zweige fließt

Kristallklar und doch warm die Seligkeit im Zauber dringt
Zur hohen Küst´ am End´ der Welt, die Leuchtende die Nacht verbringt

Doch nicht der Sonne Lauf gen Westen liegt der Dom!
Ohn´ Angst und Sorg auf ewig euer Schicksal bleibt
Wo Land befreit sich hebt und Eis gebar der Steine Strom
Bezwingt der Vogelstimmen holder Klang des Dunklen ew´ges Leid

Suchet nicht den Ort, zu kostbar ist der Welten Zeit
Und ruft die Weiße erst zum letzten Flug
Seid getrost, er findet euch mit aller Seelen Klang in tiefer Freud´
Wohin ihr zieht und bleibt, in einer Schar und einem Zug

Ein Wort zur Angst

Viel hat sie auf sich genommen, die kleine Ente Kvakja, um endlich ihre Angst in der Dunkelheit loszuwerden. Bis in den hohen Norden ist sie geflogen, an einen Ort, den kein Lebender betreten darf. Doch am Ende hat sie erkannt, dass Furcht zum Leben dazu gehört und ein Teil von ihr ist. Unterwegs hat sie eine Menge gelernt und neue Freundschaften geschlossen. So hat sie entdeckt, was ihr am besten bei der Bewältigung ihrer Angst hilft.

Vielleicht geht es Euch auch so, dass ihr nachts schlecht schlaft oder Euch fürchtet?

Es gibt viele Helferlein, damit ihr Euch besser fühlt oder nach einem schlimmen Traum schneller wieder beruhigt: Ein Nachtlicht, ein Traumfänger oder Mobile, Entspannung, Kuscheltiere und vieles mehr. Dabei ist es völlig in Ordnung Angst zu haben, egal in welchem Alter. Sie ist kein Zeichen von Schwäche, sondern völlig normal und jeder, auch die größten Angeber fürchten sich mal.

Bittet einen Erwachsenen, dem Ihr vertraut, Euch zu helfen!

Auf keinen Fall jedoch solltet Ihr nächtelang starr vor Schreck in euerem Bett liegen und niemandem davon erzählen.

Ich habe mich als Kind oft nachts gefürchtet und aufgrund einer Krankheit schlafe ich immer noch schlecht und habe Alpträume. Um mich schnell wieder zu beruhigen, nutze ich viele verschiedene Methoden wie Einschlafrituale und Entspannungsübungen.

Zu Bildern und Geschichte

Die Flasche mit dem Dancing Puffin, aus dem die Ejder trinken, ist mit freundlicher Genehmigung von Badachro Distillery, Gairloch, Schottland und Susanne Eisermann auf dem Bild gelandet.

Alle anderen Zeichnungen sind von mir selbst angefertigt und die Bildvorlagen habe ich über Jahre hinweg auf vielen Reisen fotografiert. Sie stammen aus Oberbayern, von Mosel und Nordsee und aus Norwegen, Schweden und der Schweiz.

Ansonsten ist die Geschichte vom Dom der Vögel von mir selbst ausgedacht und jegliche Ähnlichkeiten irgendwelcher Art sind völlig unbeabsichtigt.

Mehr über Britt Älling bei www.brittaelling.de und auf Instagram: @britt.aelling.

Lightning Source UK Ltd.
Milton Keynes UK
UKHW050638260821
389520UK00007B/487

9 783754 334430